KARI

Karine Giébel a été deux fois lauréate du prix marseillais du Polar : en 2005 pour son premier roman *Terminus Elicius*, et en 2012 pour *Juste une ombre*, également prix Polar francophone à Cognac. *Les Morsures de l'ombre* (Fleuve Noir, 2007), son troisième roman, a reçu le prix Intramuros, le prix SNCF du polar et le prix Derrière les murs. *Meurtres pour rédemption* (Fleuve Noir, 2010) est considéré comme un chef-d'œuvre du roman noir. Ses livres sont traduits dans plusieurs pays et, pour certains, en cours d'adaptation audiovisuelle. Son septième roman, *Purgatoire des innocents* est paru au Fleuve Noir en 2013.

**Retrouvez toute l'actualité de Karine Giébel sur :
www.karinegiebel.fr**

MAÎTRES DU JEU

DU MÊME AUTEUR
CHEZ POCKET

KARINE GIEBEL

MAÎTRES DU JEU

NOUVELLES

© Karine Giébel.
© Pocket 2013 pour la présente édition.
ISBN : 978-2-266-24300-1

POST MORTEM

D'abord, c'est la culpabilité qui s'insinuera en toi, doucement.
Pour te dévorer de l'intérieur, lentement.
Et puis viendra enfin le châtiment.
Mon châtiment...

Paris, le 23 octobre 1991, 9 h 15

Dédaignant l'ascenseur, Morgane monte rapidement les marches. Son chemin croise celui de deux jeunes femmes qui, malgré la faible luminosité baignant la cage d'escalier, se retournent et se mettent à chuchoter comme des gamines.

J'te dis que c'est elle... J'en suis sûre !
Mais non, tu délires !

Au troisième étage, Morgane prend une profonde inspiration puis sonne avant d'entrer, ainsi que l'ordonne une affichette sur la porte du cabinet. La voilà dans l'antre feutrée de Maître Sevilla, notaire à Paris. Enfin, elle peut enlever son chapeau, libérant sa longue chevelure blonde. Puis elle ôte ses lunettes teintées et braque ses yeux turquoise dans ceux de la secrétaire qui la dévisage avec un sourire béat.

Morgane n'a pas besoin de se présenter, bien sûr. Ça fait longtemps qu'elle n'a plus besoin de décliner son identité. Longtemps aussi qu'elle a oublié le plaisir de se balader incognito.

— Bonjour, madame Agostini. Maître Sevilla vous attend…

Une manière fort polie de lui signifier qu'elle est en retard.

— Je le préviens immédiatement, ajoute la secrétaire.

Le notaire arrive quelques secondes plus tard ; grand, les épaules voûtées, le teint cireux. Et nageant dans un costume beaucoup trop large pour lui, d'une indéfinissable couleur. Soit il vient de terminer un régime draconien, soit il faut lui filer de toute urgence l'adresse d'un bon tailleur sur Paris.

— La famille du défunt est déjà dans mon bureau, annonce-t-il.

— Vous savez Maître, je ne vois pas du tout ce que je fais là, confesse Morgane à voix basse. Je ne connaissais pas ce monsieur et je suis bien embarrassée qu'il m'ait couchée dans son testament.

— Je comprends, assure l'homme de loi. Mais ce genre de choses arrivent parfois. Aubin Mesnil était sans aucun doute l'un de vos fervents admirateurs !

— Peut-être, mais je suis tout de même gênée vis-à-vis de la famille.

— Vous n'y êtes pour rien, poursuit Sevilla en l'invitant à le suivre. Que voulez-vous, les dernières volontés d'un mort ne se discutent pas !

Ils entrent dans une grande pièce, tout le monde se lève. Une dame âgée et triste comme la pluie qui martèle les vitres, entourée d'un quadragénaire petit et costaud et d'une jeune femme dont la beauté frappe d'emblée Morgane. Les mêmes yeux que…

— Madame Agostini, je vous présente Yvonne Mesnil, la mère d'Aubin Mesnil… Claire Aubrecht, sa sœur, et Richard Mesnil, son frère aîné.

Morgane serre les mains tendues avant de s'asseoir à côté de la dame qui semble très affectée par la mort de son fils.

Normal.

Oui, tout est normal. À part le fait que Morgane soit là.

Le notaire extirpe un document d'une armoire forte.

Dans le silence pesant, Morgane étouffe. Le notaire a dû pousser le chauffage à fond ! À moins que ce ne soient les larmes de la mère et de la sœur qui lui procurent ces bouffées de chaleur.

Le frère, lui, ne pleure pas. Il arbore une mine sévère. Une mine de circonstance. Et il n'a pas daigné échanger un regard avec l'actrice, comme pour lui rappeler combien sa présence ici est incongrue. Ici, au beau milieu de cette histoire de famille.

Un chien dans un jeu de quilles. Une femme célèbre et richissime qui vient leur enlever le pain de la bouche. Pire ; voler leur héritage.

— Nous allons maintenant procéder à la lecture du testament du défunt, déclare le notaire en prenant place derrière son bureau.

Il chausse ses lunettes, s'éclaircit la voix.

C'est parti.

Aubin Mesnil lègue à sa sœur son petit appartement dans le Val-de-Marne, une voiture qui a déjà atteint la limite d'âge, une collection… pièces de monnaie… tableaux… livres anciens. Morgane s'impatiente. Mal à l'aise. Le frère lui adresse enfin un regard, aussi noir que furtif. Sevilla continue, imperturbable.

Le défunt lègue à sa mère quelques objets sans grande valeur… Sentimentale, tout au plus.

À son frère, il fait l'aumône de son Nikon et de son matériel informatique.

Morgane fixe ses chaussures, évitant soigneusement de se tourner vers Richard. Elle ne peut empêcher ses doigts de pianoter sur sa cuisse, enlèverait volontiers sa veste.

— À madame Morgane Agostini, je lègue ma maison dans l'Ardèche, poursuit le notaire.

— Une maison ? s'étonne l'actrice.

Elle n'aurait pas dû interrompre Sévilla, mais c'est sorti tout seul. Sa voix vient de résonner bizarrement dans l'atmosphère plombée du cabinet.

— Oui, madame Agostini, Aubin Mesnil vous lègue une propriété qu'il possède en Ardèche. Il m'a également demandé de vous remettre cette lettre.

Le notaire lui tend une enveloppe beige cachetée. Morgane la récupère, s'aperçoit que sa main tremble. Essaie de se contrôler.

Elle paraît de plus en plus embarrassée. Le frère a eu les petites cuillers en argent et elle, la maison de campagne ? Elle ose un regard vers le frère en question qui la dévisage maintenant avec une fureur évidente.

Alors, elle tourne la tête vers la vieille dame qui n'a pas bronché. Remarquablement stoïque et digne.

— Je suis désolée, je ne comprends pas, murmure-t-elle à son attention.

Yvonne lui offre un sourire triste. Mais c'est la sœur qui répond.

— Mon frère vous admirait beaucoup, dit-elle. C'était un passionné du septième art, vous savez. Un véritable cinéphile. Il aurait voulu être acteur…

Elle fait une pause, ravale un sanglot avant de poursuivre :

— Il a vu tous vos films, plusieurs fois. Il m'avait prévenue qu'il vous laisserait quelque chose. Pour votre association… Je crois que vous vous occupez d'une association d'accueil de jeunes en difficulté, non ?

— J'en suis la marraine, en effet. Écoutez, madame, je suis très touchée par ce geste, mais plutôt gênée et…

— Y a de quoi ! assène brutalement le frère.

— Ce sont les dernières volontés de mon fils, coupe Yvonne Mesnil d'un ton ferme. Il nous faut les respecter, Richard.

*
* *

À peine sorti de l'immeuble, Richard Mesnil allume une Winston. Son visage trahit une profonde colère. Sur le trottoir, il piétine autour d'un cercle imaginaire, prêt à exploser.

— Calme-toi, ordonne sa mère. Ça ne sert à rien de t'énerver comme ça. Je te rappelle que ton frère est mort. Le moment est donc au recueillement, pas à la colère. Ni à la jalousie.

— Je m'en fous de cette baraque, c'est une question de principe !

— Ta sœur et moi avons parlé avec madame Agostini avant qu'elle parte, ajoute Yvonne. Elle est terriblement embarrassée de ce cadeau. Elle s'est engagée à transformer la maison en centre d'accueil pour son association.

— Un centre qui portera le nom de notre frère, précise Claire Aubrecht.

— Rien à foutre ! hurle Richard.

Il écrase rageusement sa cigarette puis abandonne sa mère et sa sœur pour traverser le boulevard et rejoindre sa voiture.

Sur le trottoir d'en face, Yvonne Mesnil fond en larmes. Elle sait qu'il n'en restera pas là.

*
* *

— Ça s'est bien passé ? demande Bertrand.

Morgane a posé l'enveloppe sur ses genoux, la fixe bizarrement. Comme une grenade dégoupillée.

— Démarre, ordonne-t-elle doucement. Ramène-moi à la maison.

— Ok, c'est parti… Attache ta ceinture, s'il te plaît.

Morgane s'exécute, tandis que la berline se taille une place dans la circulation. La passagère regarde l'eau couler sur les vitres fumées de la Chrysler. Elle n'a jamais aimé conduire dans Paris, alors, elle a embauché Bertrand comme chauffeur, deux ans auparavant. C'est tellement pratique, pour elle qui se déplace constamment.

Ils sont devenus proches, rapidement. Bertrand, c'est un peu son homme de confiance. Un mec simple, dans le bon sens du terme. Qui ne lui fait pas des ronds de jambe sous prétexte qu'elle est célèbre dans le monde entier. Qui veille sur elle, à sa façon, faisant office de garde du corps lorsque cela s'avère nécessaire.

Il ne tarde pas à revenir à la charge.

— C'était dur ? s'inquiète-t-il.

— Un peu, avoue enfin Morgane.

— Beaucoup de proches ?

— Sa mère, sa sœur et son frère.

— Ils ont réagi comment ?

Il faut vraiment lui tirer les vers du nez ; l'épreuve a dû être plus éprouvante qu'elle ne veut le laisser croire.

14

— La mère et la sœur, ça va. Mais le frère, lui, il n'a pas digéré que je reçoive… une maison. Une propriété en Ardèche.

— Merde… Je comprends, remarque.

— J'ai rien demandé, moi.

— C'est sûr, acquiesce Bertrand. T'y es pour rien. Et tu peux pas leur rendre cette baraque ?

— Il voulait que ce soit moi qui l'aie, pour l'association. Alors, c'est moi qui la garde.

— C'est juste, approuve le chauffeur en s'engageant sous le pont de l'Alma. Ce type, celui qui vient de mourir… C'était pas le malade en fin de vie à qui tu avais rendu visite l'année dernière ?

— Non, rien à voir. Celui-là, je ne l'ai jamais rencontré.

Morgane hésite à ouvrir l'enveloppe. Elle repense aux dernières paroles de la mère. Cette vieille dame effondrée par la perte de son fils et qui lui a tout naturellement parlé de lui, comme s'ils étaient de vieux amis.

Il était malade, très malade. Il se savait condamné depuis des mois, des années. Il n'a jamais eu de chance dans la vie… Jamais. J'étais là, vous savez. Quand il est parti, j'étais près de lui. Il souriait. Oui, il souriait…

Morgane s'est surprise à serrer la vieille dame dans ses bras.

Paroles émouvantes. Qu'elle n'oubliera pas.

Pas plus qu'elle n'oubliera le regard de tueur du frère. Une colère à la hauteur de la déception, sans doute. Elle imagine sans effort ce qui s'est passé dans sa tête. Filer une baraque à une femme qui possède déjà tellement… Oui, elle peut comprendre. Sauf que lorsqu'on perd un frère, la douleur doit être si atroce qu'on ne se préoccupe pas de savoir à qui va un cabanon en Ardèche…

La pluie continue de s'abattre sur la capitale. Morgane ouvre enfin l'enveloppe alors que la Chrysler se retrouve prisonnière d'un embouteillage.

— C'est quoi ? questionne Bertrand.

— Il m'a laissé une lettre.

Manuscrite, rédigée avec application. Une belle écriture, forte et déterminée.

« Chère Morgane,

Quelle émotion de te savoir en train de lire cette lettre… Oui, je prends la liberté de te tutoyer. J'espère que tu ne m'en tiendras pas rigueur ? C'est l'avantage d'être mort : on peut tout se permettre !… »

Morgane sourit. Il ne manquait pas d'humour, cet Aubin.

« Sans doute es-tu surprise par mon geste. Tu te demandes pourquoi j'ai pensé à toi dans mon testament. La réponse est simple : tu n'imagines pas l'importance que tu as pour moi.

Oui, Morgane, tu as changé ma vie.

J'ai suivi toute ta carrière, brillante. Exceptionnelle. Je t'ai tant admirée, tu m'as offert tellement d'émotions… Alors, je ne voulais pas quitter ce monde sans te rendre ce que tu m'as donné.

Cette maison en Ardèche est mon bien le plus précieux. Elle appartenait à mon grand-père et comme personne ne voulait de cette ruine, c'est à moi qu'il l'a léguée lorsqu'il est parti. Parti, comme moi je m'apprête à partir, à passer de l'autre côté du miroir…

Cette maison, je n'ai eu ni le temps, ni la force de finir de la retaper. Tu m'excuseras, j'espère ? Mais elle est désormais à toi. Tu sauras quoi en faire, je te fais confiance sur ce point. Tu transformes en or tout ce que tu touches, alors…

16

Mon vœu le plus cher serait que tu ailles rapidement la visiter. Il paraît que les dernières volontés d'un mort, c'est sacré : alors, je compte sur toi.

En arrivant, tu verras des petites pancartes rouges "maison piégée". Ne t'inquiète pas : comme c'est une propriété isolée, j'ai placé ces avertissements pour dissuader les éventuels curieux.

Je veux donc que tu y ailles toi, en personne, parce que là-bas, j'ai laissé quelque chose pour toi. Quelque chose de précieux, tu verras. Tu te demandes quoi ? Surprise…

Tu trouveras là-bas bien plus qu'une simple et ravissante maison.

Tu m'y retrouveras, moi.

> *Alors à bientôt Morgane,*
> *Aubin Mesnil »*

Morgane replie soigneusement la lettre avant de la glisser dans son sac. Un frisson parcourt sa colonne vertébrale ; l'impression que le mort est là, tout près. Pour un peu, elle se retournerait pour vérifier qu'il n'est pas assis sur la banquette arrière.

— Ça va ? demande encore Bertrand.

Morgane hoche la tête et sourit. Elle baisse la vitre.

— Va y avoir plein de flotte dans la caisse, reproche le chauffeur.

— Quelques secondes, c'est tout… J'ai besoin d'air.

Elle respire une bouffée fraîche et humide, laisse la pluie inonder son visage. Ainsi, Bertrand ne remarquera pas ses larmes. Celles qu'elle n'aurait jamais pensé verser.

Aubin Mesnil…

Enfin, elle remonte la vitre et demande :

— C'est comment, l'Ardèche ?

*
* *

Paris, le 27 octobre 1991, deux heures du matin

Morgane vient de boucler sa valise. Elle n'emporte pas grand-chose, ne restera pas longtemps dans le sud. Sous un faux nom, elle a réservé deux nuits dans la suite d'un relais château près de Privas, le seul hôtel valable dans les environs. Valable selon ses critères. On s'habitue si vite au luxe, même quand on a grandi dans la modestie d'une banlieue ouvrière.

Elle prend l'enveloppe beige, s'assoit sur le lit. L'angoisse monte instantanément en flèche, alors qu'elle est sous calmants depuis quelques jours. Depuis que...

Elle hésite à relire la lettre. Elle ne pensait pas que ce serait si dur.

Et soudain, il apparaît à l'entrée de la chambre.

Elle l'attendait, depuis des heures. Pourtant, c'est lui qui attaque l'interrogatoire.

Le monde à l'envers.

— Qu'est-ce que tu fous ? demande-t-il. Tu dors pas ?

Il a l'art des questions stupides.

— Non, je n'ai pas sommeil.

— Tu vas où ? poursuit-il en jetant un œil à la valise.

Morgane ne répond pas immédiatement.

— Je te l'ai dit... En Ardèche. Je pars demain matin.

Marc vient s'asseoir à ses côtés, Morgane sent qu'il a bu.

— Ah ouais, j'avais oublié... Et moi ? Je suis pas invité ?

Elle a un léger tressaillement, à peine perceptible.

— Je suis ton mari, tu t'en souviens ?

Il sourit. Ce sourire de prédateur féroce.

Comment pourrais-je l'oublier ?

Il passe une main dans les cheveux de sa femme, s'attarde sur son épaule dénudée. Elle a un nouveau frisson qui la glace de la tête aux pieds.

Comment en sont-ils arrivés là ?

— Ça contrarie tes plans, si je viens ? insinue-t-il.

— Quels plans ?

— Me prends pas pour un abruti…

Ne pas l'énerver. Surtout quand il a un verre dans le nez.

— Je n'y vois aucun inconvénient, assure-t-elle docilement. Il faut juste que tu prépares une valise.

Il se lève, déboutonne sa chemise.

— Je vais prendre une douche. Alors la valise, tu t'en charges, ok ?

Il s'éclipse dans la salle de bains, Morgane le suit du regard.

Non, elle ne pensait pas que ce serait si dur…

*
* *

Environs de Privas – Ardèche, le 29 octobre 1991,
dix heures du matin.

Ils sont arrivés hier soir. C'est Marc qui a conduit. Morgane s'est débrouillée pour ne pas être reconnue par le personnel du relais château. Histoire d'éviter l'émeute.

Marc dort encore, en plein milieu du lit. Morgane est à la fenêtre. Si loin de son univers familier, agglomérations grouillantes de vie, de bruit. Projecteurs, caméras, clameurs, tapis rouges. Façades carton-pâte qui font les décors. Et les gens.

Son regard se perd dans l'infini, elle tente d'y noyer la tension qui ne cesse de croître en elle.

Boule d'angoisse qui enfle démesurément dans ses entrailles.

Être là, seule avec Marc. Sur l'invitation d'un mort.

Être là, à sa merci. Sans garde du corps, sans témoins…

Au loin, un village cramponné au flanc d'une colline aimante son regard.

Ça doit être un bel endroit pour vivre.

Juste sous le hameau, un petit cimetière entouré d'un muret blanc qui se réchauffe au soleil.

Un bel endroit pour mourir.

Elle n'a rien dit, hier soir. N'a pas essayé de l'empêcher, s'est laissée faire. Plaisir étrange qu'elle n'avait pas ressenti depuis longtemps.

Enfin, il se réveille, s'étire, la contemple en souriant. Ce fameux sourire. Qui a séduit tant de proies.

— J'ai faim.

Premières paroles.

Un prédateur a toujours faim.

*
* *

— C'est vraiment perdu, cette baraque ! grogne Marc. Quel beau cadeau il t'a fait, ce macchabée !

— Ne parle pas comme ça de lui, prie Morgane.

Il lui décoche un regard noir.

20

— Tu ne le connaissais même pas, qu'est-ce que ça peut te foutre la manière dont je parle de lui ?

Ils roulent sur une petite route au milieu de la forêt. Rien autour. Seuls au monde.

Ça pourrait presque être romantique.

Presque.

Marc reprend, d'un ton soupçonneux :

— Tu ne le connaissais pas, c'est bien ça ?

— Jamais rencontré, s'empresse de répondre Morgane.

— Hum… Curieux…

— Quoi ?

— Curieux qu'un mec que tu n'as jamais vu te lègue sa maison de campagne !

— Il paraît qu'il était l'un de mes admirateurs.

— Encore un qui a dû se branler des centaines de fois en matant tes films !

Envie de vomir.

— T'es vraiment dégueulasse.

Il se marre.

— Sa mère m'a dit qu'il a été touché par l'association que je parraine. D'ailleurs, sa maison servira à l'association.

— Attends de la voir ! ajoute Marc. Peut-être qu'on va la garder pour nous. Peut-être que c'est un vrai petit château et qu'on va tomber amoureux… Amoureux de la baraque, je veux dire !

Il rigole encore. Comme si c'était drôle.

Ils croisent enfin un petit hameau, quelques maisons perdues, un gîte, une ancienne école désaffectée. Un peu de vie.

Puis un cimetière, minuscule.

Encore un.

Ces morts, partout.

Le mal au cœur de Morgane empire. Et ce n'est pas parce que son mari conduit trop brutalement. Cette fameuse boule en fusion qui enfle, enfle, enfle…

Pourvu qu'elle n'explose pas.

Pas encore, pas maintenant.

*

* *

Il est sûr que c'est la bonne voiture.

Chrysler luxueuse aux vitres fumées, immatriculée 75. Il peut difficilement se tromper… Elle vient de traverser le village, se dirige vers la maison.

Alors, il quitte le gîte, grimpe dans sa caisse. Il entame sa filature, sans le moindre risque d'être vu. Inutile de s'approcher, il sait où elle va.

Mais ce qu'il ne sait pas encore, c'est ce qu'il va faire.

Ça, il le décidera plus tard.

*

* *

— Apparemment, c'est là, dit Morgane. D'après la description du notaire, c'est cette maison.

Marc range la Chrysler sur le bord de la route, coupe le contact.

— C'est une ruine ton truc.

— Je trouve ça plutôt sympa. C'est… C'est un havre de paix.

— Un havre de paix, oui ! s'esclaffe Marc. L'endroit idéal pour finir ses jours tranquillement !

Morgane frissonne, elle a l'impression de geler sur place malgré le feu dans sa tête.

— Pourquoi tu dis ça ?

— T'as vu le coin ? C'est mort !

Finir ses jours… Mort…

Elle récupère les clefs dans la boîte à gants, ouvre la portière.

— Tu viens la visiter avec moi ?

— Mais bien sûr, chérie. Il me tarde de voir l'intérieur : je suis sûr que c'est aussi charmant que l'extérieur !

Marc pousse le vieux portail flanqué d'une pancarte rouge.

— *Maison piégée…* C'est quoi, ces conneries ?

— On m'a prévenue, explique patiemment Morgane. C'est du bidon, juste pour dissuader les curieux qui voudraient aller y faire un tour.

La maison surplombe le petit hameau qu'ils viennent de traverser. La propriété en restanques est essentiellement plantée de chênes. Dont certains doivent avoir plusieurs siècles d'une paisible existence.

Marc se penche au-dessus d'un vieux puits.

— Tu crois qu'il y a de l'eau ?

Il ressemble à un gamin découvrant un nouveau terrain de jeu. Il attrape un caillou, le lance et tend l'oreille.

— Ouais ! Y a de l'eau et c'est vachement profond !

Morgane aime lorsqu'il est comme ça. Qu'il ressemble à un gosse agité et désobéissant. Lorsqu'il redevient celui qu'elle a épousé alors qu'elle n'était rien. Rien qu'une étudiante fauchée. Mais ce sont seulement quelques secondes blanches noyées au milieu d'un océan d'années noires.

Marc se plante face à la maison, croise les bras.

— Il s'est vraiment foutu de ta gueule, ce salaud ! C'est pas une maison de campagne, c'est une grosse merde. Il voulait te faire une blague, c'est ça ?... Tu devrais mieux choisir tes admirateurs, Morgane !

Celui qu'elle a épousé est décidément bien loin. Enseveli sous les décombres d'une vie.

Mort, déjà.

— Tiens, voilà les clefs. Mais si tu veux, je fais la visite toute seule.

— Hors de question, ma chère : j'ai hâte de voir ça !

Il sourit. Ce n'est plus le sourire du gamin insolent.

Le prédateur est de retour.

*
* *

Il a dépassé la Chrysler, gare sa voiture un peu plus loin sur la route. Il reste un moment immobile, les mains sur le volant.

Pourquoi est-il là ? Pourquoi les avoir suivis ?

Guidé par son instinct, cette haine tenace qui trace son chemin en lui, contrôle ses actes.

Il allume une cigarette, descend la vitre.

Il ne l'a jamais aimé. Et même mort, il continue à le narguer. À l'humilier.

Il pousse une sorte de hurlement effrayant avant de quitter sa bagnole. Il grimpe dans la colline, se mesure au maquis sur quelques centaines de mètres, histoire de se retrouver au-dessus de la maison. Vue imprenable.

Ils sont près du puits. Ce puits si profond...

*
* *

Marc pousse la porte qui grince comme dans un mauvais film. Il ouvre aussitôt les volets de la fenêtre pour chasser l'obscurité.

— Bienvenue chez toi, Morgane !… Lorsque tu n'auras plus aucun succès, que tu auras perdu ta beauté et que tout le monde t'aura oubliée, tu pourras te réfugier ici pour couler une retraite heureuse !

Il se retourne vers sa femme, sourit face à son visage outragé.

— Eh, je plaisante, chérie ! Fais pas cette tête.

— Salaud !

Il s'approche, la prend d'autorité dans ses bras.

— Moi, je serai toujours là, je ne t'oublierai jamais… Je ne te laisserai jamais.

Ça ressemble à une déclaration d'amour. Celle qu'un fauve adresserait à une proie.

Je te dégusterai jusqu'au bout, sans en laisser une miette.

— Nous sommes liés à la vie à la mort, ne l'oublie pas…

Il l'embrasse dans le cou, murmure dans son oreille.

— C'est vachement aphrodisiaque comme endroit, raille-t-il. Tu trouves pas ?

Elle se dégage de son emprise, fait quelques pas.

En finir, vite. Rentrer chez elle, à Paris.

La maison semble vaste, finalement. Ils débouchent dans une grande salle à manger, pauvrement meublée. Une cheminée, une vieille table de ferme, un pétrin…

— Regarde ça ! s'exclame Marc.

Au milieu de la table, bien en évidence, trône un lecteur enregistreur de cassettes avec une enveloppe posée dessus. Une lampe torche juste à côté.

Marc s'empare de l'enveloppe avant que Morgane ait pu faire le moindre geste.

— Un message pour toi… Ça ne te dérange pas si je le lis à ta place ?

Morgane hésite. Mais quoi qu'elle dise, il ouvrira ce pli. Alors, elle fait non d'un signe de tête, tandis qu'il déchire déjà l'enveloppe beige. Non, qu'il la déchiquette.

Une lettre et une clef.

Marc se met à lire à voix haute :

«*Chère Morgane,*

Je suis heureux que tu sois venue ici, ainsi que je te l'ai demandé… »

— Ça commence fort, commente Marc en fixant sa femme. Vous vous tutoyez ?

— Je le connais pas, je te dis.

— Ben voyons… continue de me prendre pour un con, chérie !

Il sourit, elle frémit. La peur est encore montée d'un cran.

Elle n'aurait jamais dû venir ici. Elle a envie de s'enfuir, mais reste tétanisée face à celui qu'elle croyait ne plus aimer. Elle se force à répondre, pour désamorcer la bombe qui ne va pas tarder à exploser. Tic tac…

— Dans la lettre que m'a remise le notaire, monsieur Mesnil me disait qu'il pouvait se permettre de me tutoyer puisqu'un mort peut tout se permettre.

— Très drôle.

— Et puis il me demandait de venir visiter cette maison, c'étaient ses dernières volontés.

— Un malade mental, conclut Marc.

— Peut-être, consent son épouse.

— Sans aucun doute. Alors découvrons la suite de cette romantique missive !

Il tire une chaise, l'essuie d'un revers de manche avant de s'y asseoir.

« Tu trouves sans doute que cette maison n'est pas digne de toi. C'est vrai. Mais bien aménagée, elle fera un centre d'accueil parfait pour tes petits protégés. »

— À condition qu'ils ne soient pas difficiles, tes *petits protégés* ! ricane Marc.

— Continue.

— À tes ordres, ma belle…

« Comme je te l'ai écrit dans la lettre que t'a remise Maître Sevilla, j'ai laissé quelque chose pour toi, ici. Quelque chose de valeur… »

— Waouh ! Un magot ! Ce fou t'a laissé le magot, tu te rends compte ?!

— Arrête, Marc, s'il te plaît.

— On est là pour s'amuser, non ?

— Je ne vois rien d'amusant.

Il soupire et continue, sur un ton théâtral.

C'est vrai qu'il a toujours rêvé d'être un acteur, lui aussi.

« Je te l'ai dit : tu as changé ma vie. Et là, juste avant de mourir, je tiens à te remercier, à ma façon… »

— Que c'est beau ! ironise Marc. Tu as changé sa vie, tu imagines ?

— C'est fini ?

— Non, il reste quelques lignes…

« Si tu veux découvrir le cadeau laissé à ton attention, prends le dictaphone posé sur la table et suis mes instructions, elles t'y conduiront.

Bien à toi,
Aubin Mesnil »

27

Ils restent silencieux un instant, puis Marc se lève.

— Une chasse au trésor, mon trésor ! C'est palpitant !
Une chasse au trésor dans une vieille baraque pourrie :
quel chouette week-end tu m'offres là !

Morgane attrape le dictaphone et les piles neuves
prévues par Aubin. Il a vraiment pensé à tout. Ses mains
tremblent tellement qu'elle a du mal à insérer les batte-
ries dans l'appareil.

— Laisse, je vais le faire, propose Marc en lui confis-
quant le dictaphone. Pourquoi tu trembles comme ça,
chérie ? Tu as peur, on dirait… Mais de quoi ? Ou de
qui ?

— Je ne me sens pas très bien ici.

— Allons, je suis là pour veiller sur toi, tu n'as rien
à craindre !

Il presse la touche *play* et monte le son au maximum.
La voix d'Aubin Mesnil s'impose entre eux.

*« Morgane, je t'invite à rejoindre le deuxième étage.
La dernière chambre au fond du couloir. L'escalier est
dans la pièce d'à côté, prends la lampe avec toi. Tu
trouveras un autre dictaphone lorsque tu seras arrivée
là-haut, pour la suite des instructions… »*

Marc appuie sur la touche pause.

— Allons-y. C'est super marrant ! Finalement, il me
plaît ce type.

Morgane le suit jusqu'au fameux escalier en coli-
maçon. Un Vélux sur le toit offre un peu de luminosité
à leur ascension. Ils délaissent le premier étage et
grimpent encore pour déboucher dans un long couloir
obscur. Quelques toiles d'araignée jalonnent leur
chemin.

— Brrrr… ! On se croirait dans une maison hantée !

Marc s'amuse bien. Il a toujours adoré s'amuser avec elle.

Non, pas toujours ; avant, il n'était pas comme ça.

— Il a dit qu'on aille tout au bout du couloir, c'est bien ça ?

— Oui, murmure Morgane.

Maintenant, même ses cordes vocales tremblent. Tandis qu'une voix hystérique hurle dans sa tête, lui intimant l'ordre de faire demi-tour, de prendre ses jambes à son cou.

Pourquoi es-tu là ? Mais pourquoi, Morgane ? Tu vas le regretter. Le regretter si fort…

— Allez viens, chérie ! Avance, n'aie pas peur ! Tu es ridicule, je t'assure.

Un pas devant l'autre. Son cœur ne va pas tarder à se déchirer sous la pression. Mais Marc ne se rend compte de rien. S'il la regardait, il saurait. S'il la regardait vraiment. Mais depuis combien d'années ne l'a-t-il pas fait ? Pas la star adulée, non. Juste sa propre épouse.

Arrivé devant la dernière porte, il tente de l'ouvrir.

— Merde, c'est fermé.

Morgane s'est figée derrière lui.

— Partons d'ici, implore-t-elle.

Il la considère avec un méchant sourire.

— T'as la trouille, c'est incroyable !… Que je suis con, la clef dans l'enveloppe, bien sûr.

Il la récupère dans sa poche, ouvre la lourde porte en bois massif. D'un signe de tête, il invite Morgane à le précéder, comme s'il était redevenu tout à coup galant.

S'il y a un piège à mâchoires, il sera pour elle.

Elle avance, ses jambes ressemblent à deux morceaux de bois dur qui ne vont plus la supporter très longtemps.

Elle va s'écrouler.

Tout va s'écrouler.

À moins que ce ne soit qu'un cauchemar. Un simple cauchemar.

Elle réussit à faire deux mètres, Marc la suit.

— On n'y voit que dalle ! marmonne-t-il. Un vrai trou à rat !

Il lâche la porte qui grince en se refermant toute seule.

Lorsqu'elle claque, Morgane laisse échapper un cri.

Ils sont maintenant dans le noir le plus complet, le silence le plus complet. Seule la respiration de Morgane donne un semblant de vie à ce tombeau humide.

Marc allume la lampe torche et dirige le faisceau contre les murs, lentement.

Alors, ils restent médusés par le spectacle que dévoile la Maglite.

— Putain de merde, murmure Marc. C'est pas vrai…

Morgane, partout.

Du sol jusqu'au plafond.

Des photos d'elle tapissent les murs, sans un seul vide.

— Un admirateur, tu dis ?…

— Mon Dieu…

— C'est ça, son cadeau ? Saloperie de malade mental… Allez, viens, on se tire d'ici !

Il tourne la lampe vers la sortie.

— Après toi, ma reine.

Soudain, Morgane se fige.

— Marc, la porte…

— Quoi ?

— Regarde la porte !

Il se pétrifie à son tour. Pas de poignée à l'intérieur.

— Le salaud… murmure Marc.

Il confie la lampe à Morgane.

— Tiens-moi ça !

Il prend son élan, se fracasse l'épaule contre l'obstacle, attend quelques secondes avant une nouvelle tentative. À cinq reprises, il essaie de faire céder les gonds.

Morgane l'observe sans un mot. Une larme coule sur sa joue.

— Ce fils de pute nous a enfermés ici ! s'écrie Marc avec rage.

Il donne plusieurs coups de pied, s'acharne comme un dément. Puis, enfin, il abandonne et reprend son souffle.

Alors, il songe au dictaphone. Il l'a repéré au fond de la pièce, posé sur la cheminée. Il a un instant d'hésitation ; une mauvaise blague, ou… ?

Il trouve enfin le courage d'enfoncer la touche *play*. Dans l'obscurité, la voix d'Aubin prend des allures maléfiques.

« Chère Morgane, tu es arrivée à destination. J'espère que mon petit cadeau te plaît ? Toi, dans toute ta splendeur. Je suis certain que tu adores t'admirer, tu vas être servie.

Ces photos retracent ta carrière depuis douze ans. Il y a douze ans, tu devenais une star. Et il y a sept ans, nous nous sommes rencontrés… »

Morgane reçoit soudain le faisceau de la lampe en pleine figure. Elle ne peut voir les yeux de Marc mais imagine sans peine ce qu'ils expriment en cette minute. L'incompréhension, la colère. La haine, peut-être ?

« Nous nous sommes rencontrés, mais tu ne t'en souviens sûrement pas. Tu étais trop occupée à penser à toi, trop occupée à réussir.

Moi aussi, j'étais un acteur. Oh ! Un débutant qui n'avait tenu que quelques tout petits rôles. Mais ce jour-là, ce jour de mai 1984, la chance a croisé mon chemin.

J'ai été choisi pour le rôle principal dans le film d'un célèbre réalisateur. Un rôle à tes côtés. Le rêve, quoi...

Le metteur en scène avait trouvé que je correspondais au personnage, que j'étais l'acteur idéal.

Sauf que... Sauf qu'après avoir vu mes essais, tu as refusé que ce soit moi qui tienne ce rôle. Est-ce que tu t'en souviens, Morgane ? Il paraît que tu ne me trouvais pas assez connu, pas assez séduisant, pas assez talentueux. Pas à TA hauteur. Comme si, sans même me connaître, tu pouvais préjuger de mon talent... ! Il paraît que tu as menacé le producteur de ne pas signer le contrat si c'est moi qui jouais à tes côtés. Il paraît que tu as dit des horreurs sur mon compte... Que tu t'es foutu de ma gueule en public, devant toute l'équipe. Alors que je n'étais même pas là pour me défendre. Un nul, sans aucun avenir, un acteur raté et j'en passe... »

Le rire d'Aubin emplit l'espace, Marc baisse enfin la lampe.

Mais Morgane garde les yeux fermés.

« Tu voulais surtout imposer un autre acteur, un ami à toi, si j'ai bien compris... Du coup, le réalisateur m'a rappelé pour me dire que finalement, je n'avais plus le rôle. Face à mon désespoir, il a fini par m'avouer que ce n'était pas sa décision, mais la tienne. La tienne, Morgane... il m'a tout raconté. Il n'aurait jamais dû, c'est évident. Mais je crois qu'il t'en voulait. Il était obligé de t'engager. Moi, il avait envie de m'engager, nuance... Mais c'est évidemment toi qui as gagné.

Après des jours et des jours à planer, des jours sur un petit nuage, à me dire que ma carrière était lancée, tu imagines aisément ce que j'ai ressenti. On dit que la déception est toujours à la hauteur de l'espoir. Elle a été gigantesque, infinie. Une chute brutale.

Le soir, j'ai pris une cuite mémorable. Seul, comme un con. À noyer ma désillusion dans le whisky. Et puis j'ai pris le volant de ma bagnole. Et là, devine ce qui s'est passé, chère Morgane ? Je ne peux pas vraiment dire si j'ai fait exprès de lancer ma voiture dans ce mur ou si j'ai perdu le contrôle. Le résultat est le même, de toute façon.

Deux mois de coma, transfusions, opérations, amputation… Séquelles à vie.

J'étais devenu un acteur défiguré et handicapé, en plus d'être un acteur raté. Autant dire que je n'avais plus qu'à faire une croix sur mon rêve.

Et puis, comme si une vie brisée ne suffisait pas, j'ai appris un an après que j'avais chopé une saloperie à l'hôpital. Une maladie incurable, qui me serait fatale.

D'ailleurs, je suis mort ! Tu peux pas savoir comme c'est dangereux de séjourner dans un hosto ! »

Aubin rit encore, le rire d'une bête enragée. Même Marc frissonne. Lui qui aime tant s'amuser avec les autres, le voilà devenu le jouet d'une macabre mise en scène.

« *Ouais, je suis mort… Et c'est toi qui m'as tué, Morgane. C'est toi.*

Alors oui, tu as changé ma vie. À cause de toi, elle est devenue un véritable enfer. À cause de toi, j'ai vécu sept ans de malheur, j'ai dû renoncer à ma passion. J'ai enduré des souffrances physiques et morales que tu n'imagines même pas ! Et pour finir, je suis mort. Tu m'as tué, Morgane ! TU M'AS ASSASSINÉ !… »

Il ne rit plus, il hurle.

« *Comme je te l'ai écrit, je compte bien te remercier, à ma façon. Te rendre la monnaie de ta pièce. C'est le moment de payer, Morgane.*

Tu es arrivée à destination. Et tu ne peux plus faire demi-tour.

J'ai l'impression que tu t'aimes beaucoup. Alors tu vas pouvoir crever en t'admirant sur ces magnifiques photos. Tu vas avoir tout le temps... Le temps de mourir de faim, de soif ou de froid... À moins que tu ne meures de peur !

Adieu, Morgane... Non : je te garde une place en enfer. Là, tu seras bien obligée de jouer à mes côtés. »

La cassette défile jusqu'au bout puis s'arrête enfin. Le silence leur tombe dessus comme une malédiction.

Marc reprend enfin ses esprits.

— Bon, restons calmes, dit-il. On va sortir d'ici. Le tout, c'est de garder notre sang-froid.

Il s'acharne à nouveau sur la porte. Coups de pied, coups d'épaule. Hurlements de fauve. Mais il doit se rendre à l'évidence : ce n'est pas comme ça qu'ils vont s'en tirer.

— J'ai vu un coffre au fond ! réalise-t-il soudain en se massant l'épaule. Essaie de me trouver des outils, quelque chose pour faire levier... Quelque chose qui pourra nous aider à foutre le camp d'ici !

Morgane ne bouge pas d'un centimètre, complète-ment paralysée.

— Magne-toi ! hurle son mari.

Comme elle est toujours pétrifiée, il lui arrache la lampe des mains et se dirige vers l'énorme coffre en palissandre qui trône sur une table basse, dans un angle de la pièce.

— Putain, il est fermé !

Il récupère le trousseau remis par le notaire dans la poche de son blouson en cuir, essaie une première clef qui semble correspondre.

— Ça ne marche pas ! vocifère-t-il.

Morgane voudrait hurler. Seul un murmure s'échappe de ses lèvres.

— Marc, non…

— Ça y est, j'ai la bonne !… Pourvu qu'il y ait quelque chose là-dedans. Autre chose que des putains de photos de toi !

— Marc, non !

Cette fois, elle a hurlé. De toutes ses forces.

Trop tard.

En ouvrant le coffre, Marc sent une légère résistance.

Ce qui suit, Morgane a l'impression de le vivre au ralenti. Pourtant, tout va à une vitesse hallucinante.

Déclic, étincelle de feu, déflagration assourdissante.

Un cri et le bruit sourd de la chute. Un corps qui tombe, un homme qui s'effondre… Un fracas qui résonnera longtemps dans sa tête.

Elle garde la bouche ouverte, tremble des pieds à la tête. Puis ses dents commencent à s'entrechoquer de façon morbide. Grâce à la lampe sur le sol, elle peut apercevoir Marc, gisant sur le côté, les deux mains sur son abdomen. Là où la décharge de chevrotine a déchiqueté ses entrailles. À bout portant.

Il continue à gémir, elle continue à ne rien faire.

— Aide-moi…

Elle fond en larmes d'un seul coup, tombe à genoux dans la poussière.

— Mon Dieu, Marc !

— Putain, ce que j'ai mal…

D'une main hésitante, elle caresse ses cheveux. Des spasmes déchirent sa poitrine.

— Je vais crever ici…

— Marc, c'est… C'est de ma faute ! dit-elle entre deux sanglots. C'est de ma faute ! Je n'aurais jamais dû…

Il lève une main ensanglantée vers le visage de sa femme, l'effleure doucement. Y laissant un tatouage écarlate.

— C'est vrai que… que tu es une très bonne actrice… La meilleure.

Elle ferme les yeux.

— Fais quelque… chose, Morgane… Me laisse pas crever ici…

Elle se relève, empoigne la lampe. À force d'éclairer les murs, elle s'aperçoit qu'il y a une petite fenêtre recouverte d'un épais tissu noir. Elle l'arrache en poussant des cris de forcenée et découvre une grille derrière la vitre.

Et pas de poignée, bien sûr.

Impossible de quitter cette maudite baraque.

Elle revient vers Marc, toujours par terre. Dans une flaque rouge et visqueuse qui ne cesse de grandir. Il n'arrive presque plus à ouvrir les yeux.

— Casse la vitre, murmure-t-il. Et appelle… Hurle aussi fort que tu peux… Fais-le, Morgane, je t'en supplie.

À l'aide de la Maglite, elle s'attaque à la vitre, qui vole rapidement en éclats.

— Au secours ! À l'aide !

Une voix de plus en plus faible continue à l'implorer.

— Morgane, je t'en prie… J'ai mal, je vais crever ! J'veux pas mourir !

— À l'aide ! On est bloqués ici, aidez-nous ! Mon mari est gravement blessé, j'ai besoin d'aide !… Est-ce que quelqu'un m'entend ?

*
* *

Oui, Morgane. Quelqu'un t'entend.

Richard peut même voir ton visage à la fenêtre.

Pourtant, il s'en va. Il court, si vite qu'il tombe. Il se relève, continue à cavaler comme un gibier traqué. Pris d'une panique incontrôlable.

Il a entendu le coup de feu. Puis tes appels au secours déchirants.

Comment pourrait-il expliquer sa présence ici ? Comment pourrait-il justifier de t'avoir suivie ?

Enfin, il rejoint sa voiture, au bord de l'asphyxie, et démarre aussitôt.

*
* *

Il fait nuit noire, maintenant.

Morgane n'a pas songé à éteindre la Maglite cet après-midi, la laissant brûler inutilement.

Juste pour ne pas affronter les ténèbres.

Cierge pour veillée mortuaire.

Et lentement, la lumière s'est enfuie.

De temps en temps, Morgane parle. Elle ne sait même plus de quoi, à qui.

Le froid la bouffe de l'intérieur, l'attaque de l'extérieur.

La peur est là, collée à sa peau glacée. La mort est là, tout près.

Il y a des heures que Marc s'est éteint. En même temps que la lampe.

37

Il n'avait plus de souffle, elle n'avait plus de piles.

*
* *

*Privas, le 30 octobre 1991 – Commissariat de police,
14 h 00*

— Vous voulez bien signer votre déposition, madame
Agostini ?

Le commandant lui tend un stylo à bille, elle le prend
d'une main qui tremble encore et appose sa signature
en bas de page.

— Voilà, vous allez pouvoir rentrer chez vous
maintenant.

— J'attends mon chauffeur, murmure-t-elle. Je ne
suis pas en état de conduire.

— Bien sûr. Je vais mettre une pièce à votre disposition, vous pourrez patienter en toute tranquillité.

— Et… Et mon mari ?

— Il est à l'Institut médico-légal. Comme je vous l'ai
dit, nous devons procéder à une autopsie.

Morgane ferme les yeux.

— Ensuite, nous vous rendrons son corps. Je
comprends votre détresse, madame. Je comprends,
croyez-moi. C'est vous que ce fou visait. Vous avez
échappé à la mort de justesse. Si ces chasseurs ne vous
avaient pas entendue appeler à l'aide, vous auriez pu
rester plusieurs jours dans cette maison… Et mourir à
votre tour.

— J'ai eu de la chance, c'est ça ?

C'est vrai qu'elle est belle. Encore plus que sur grand écran. Le flic a du mal à cacher son trouble. Il aimerait bien la prendre dans ses bras, la consoler.

— Je n'ai pas dit ça, madame. J'ai dit que ça aurait pu être pire.

— J'ai perdu mon mari, je ne vois pas comment ça pourrait être pire !

— Vous auriez pu mourir tous les deux.

— Ça aurait peut-être été mieux, murmure Morgane.

Le flic se met à penser à voix haute.

— Il avait bien préparé son coup, en tout cas. Étant donné qu'il est mort, on ne pourra évidemment jamais le condamner… Ça ressemble à un crime parfait, sauf qu'il a manqué sa cible.

— La douleur sera pire que la mort.

— Je veux bien vous croire. Mais je reste persuadé que sa volonté était de vous tuer, vous. Et pas votre mari.

Le commandant la conduit dans un bureau, le plus spacieux, celui du chef actuellement en congé. On lui apporte un café, de l'eau, un lit de repos, des couvertures. Le commandant la laisse enfin seule et demande à ses hommes de disperser la meute de journalistes déjà massée aux portes du commissariat.

*
* *

15 décembre 1991, 20 h 00

Ils ont ouvert le cimetière en dehors des heures habituelles afin qu'elle puisse venir se recueillir en paix sur la sépulture.

Une demi-heure que Morgane est là, debout face à la tombe, aussi immobile que les sculptures funéraires qui l'entourent. Ses yeux cachés derrière des verres teintés.

Pourtant, ils restent secs.

Pourtant, il fait nuit.

Elle n'était pas venue depuis l'enterrement, barricadée dans leur grande maison, à l'abri des regards. Des zooms, des objectifs surpuissants. De l'appétit des charognards.

Deuil exemplaire d'une veuve éplorée.

Tandis que les journaux faisaient leurs choux gras du drame… La star ayant échappé de justesse à la vengeance meurtrière d'un homme. De quoi passionner les foules pendant des semaines. Tout le monde parle de ce qui aurait pu être le crime parfait. Tuer après sa propre mort, pour ne jamais risquer d'être condamné… Mais le criminel en question a raté son coup. Sans doute espérait-il que Morgane viendrait seule.

Elle a refusé de reprendre le tournage en cours, au grand dam du réalisateur qui est au bord du suicide.

Fini de jouer la comédie…

Banlieue parisienne, Val-de-Marne. Un an et six mois auparavant

Bertrand gare la berline devant l'immeuble modeste, un brin vétuste. Il considère Morgane avec inquiétude.

— T'es sûre de vouloir y aller ?

Elle acquiesce, pourtant sa voix ne semble pas vraiment déterminée.

— Je t'accompagne, décrète le chauffeur.

— Hors de question.

— Mais tu ne connais même pas ce type ! C'est peut-être un psychopathe !

— Du calme, Bertrand, sourit Morgane. Je t'assure que tu es trop alarmiste.

— Non, juste prudent. Tu vas faire quelque chose de dangereux. Si Marc savait ça, il…

— Marc n'a pas à le savoir, coupe fermement la jeune femme. J'ai mon biper sur moi. À la moindre alerte, j'appuie et tu fonces. D'accord ?

Bertrand ronchonne mais refuse de donner son aval à cette folie. Morgane enfile une paire de lunettes de soleil et un chapeau avant de quitter la Chrysler. Par chance, la rue est déserte. Elle vérifie le nom sur l'interphone, hésite un instant avant d'appuyer sur le bouton.

Une voix masculine ne tarde pas à se faire entendre :

— Oui ?

— C'est Morgane Agostini.

Silence à l'autre bout. Puis, un instant plus tard :

— Très drôle !

— Ce n'est pas une blague, monsieur Mesnil. Jetez donc un œil par la fenêtre. Vous verrez ma voiture et mon chauffeur…

Il se passe encore une minute, puis la porte s'ouvre enfin.

— C'est au rez-de-chaussée.

Morgane se sent un peu anxieuse ; sans doute la mise en garde de Bertrand. Pourtant, il n'y a aucune raison pour que ça se passe mal. Et puis, ça ne durera pas longtemps. C'est juste une bonne action, comme elle en accomplit de temps à autre histoire de revenir sur terre, dans le vrai monde.

Aubin l'attend dans la pénombre du hall, devant la porte de son appartement. Il ne ressemble pas au portrait

41

qu'elle s'en faisait. Un homme jeune, grand, qui pourrait être séduisant. Qui a dû l'être. Brun, aux yeux profondément noirs, barbe de trois jours.

Morgane ôte ses lunettes, lui adresse un sourire timide. Celui d'Aubin est plus assuré. Ils se dévisagent, sans un mot.

— J'ai beaucoup de chance, dit-il enfin.

Le sourire de Morgane s'élargit.

— Je passais dans le quartier, je me suis souvenue de votre adresse.

— *Vous passiez dans le quartier*? Ça, ça m'étonnerait beaucoup !... Mais c'est encore mieux... Par ici.

Appuyé sur ses béquilles, il la précède dans le couloir.

— C'est pas terrible, prévient Aubin. Petit trois-pièces, avec vue sur rien. Bienvenue chez moi, Morgane.

Elle s'octroie une place au milieu de l'antique canapé tandis qu'il s'assoit dans un fauteuil et pose ses béquilles sur le sol. À la lumière de cette pièce, elle voit mieux les cicatrices sur son visage et ses avant-bras. Sentiment de répulsion qu'elle tente de ne pas laisser transparaître.

C'est une actrice, après tout.

— Quelle surprise, dit-il. Si je m'attendais à vous voir ici...

— Vous m'avez bien proposé de passer, non ?

Il se marre.

— Exact ! Mais c'est un peu comme si j'avais demandé à Dieu d'apparaître devant moi. Je ne suis pas certain qu'il se serait présenté à mon domicile !

Elle rit à son tour.

— Je suis plus accessible que Dieu, je crois.

— Ça se dirait bien... Désolé, c'est un peu en désordre, mais je ne pensais pas avoir la moindre visite aujourd'hui.

— J'ai hésité, avoue Morgane. Et mon chauffeur voulait absolument venir avec moi !

— Je comprends, répond Aubin. Il a sans doute peur que je vous séquestre pour obtenir une rançon. Ou que j'abuse de vous…

Le sourire de Morgane s'évanouit, celui d'Aubin devient carrément inquiétant. Son sourire et son regard.

— C'est parce qu'il ne me connaît pas, ajoute-t-il au bout de quelques interminables secondes. Sinon, il saurait que je suis incapable de faire du mal à une mouche… Et que l'argent n'a aucune espèce d'importance pour moi. Je vais mourir, alors qu'en ferais-je ?

La gorge de Morgane se serre, elle essaie de se décontracter.

— Je vous sers quelque chose ? propose Aubin.

— Laissez, je ne veux pas vous obliger à vous lever.

— Aucun problème, assure-t-il.

Il délaisse ses béquilles, se dirige vers un buffet en boitant.

— J'arrive à marcher sans mes cannes, mais seulement pour quelques pas. Vous buvez quoi ? J'ai pas grand-chose, remarquez…

— Du whisky, peut-être ?

— Ah non ! Plus de whisky chez moi. C'est à cause de lui si je suis dans cet état. J'ai des bières au frigo… du Martini, du Carthagène…

— C'est quoi, le Carthagène ?

— Une spécialité des Cévennes. Ça vous tente ?

Elle hoche la tête, il apporte la bouteille et deux verres.

— Votre lettre m'a beaucoup touchée, confesse soudain la jeune femme. Je… Je l'ai trouvée à la fois belle, drôle et… bouleversante.

— Merci, dit-il en remplissant les verres. Je vais chercher des glaçons.

— Laissez-moi y aller à votre place, conjure Morgane.

— Ok, la cuisine est derrière vous.

Elle s'éclipse, heureuse d'échapper à son regard qui la met mal à l'aise. Pourtant, elle ne peut regretter d'être venue. Elle avait envie de le rencontrer, sans trop savoir pourquoi. Un mois auparavant, elle a reçu une lettre dans laquelle il lui confiait qu'il allait mourir et que son rêve était de la rencontrer avant le grand saut vers l'inconnu.

Un appel qui ne l'a pas laissée insensible. Une lettre magnifique, relue plusieurs fois. Dans laquelle il parlait plus d'elle que de lui. Avec des mots profondément justes et troublants.

Ce n'est pas la première fois qu'elle se rend au chevet d'un malade en fin de vie. Mais c'est la première fois qu'elle le fait en dehors d'un hôpital. En catimini, presque.

Elle ouvre le congélateur qui ne contient que des bacs à glaçons, cherche dans les placards un récipient où les verser.

Quand elle revient dans le salon, Aubin n'a pas bougé.

— Vous ne devez pas avoir l'habitude de faire ça, dit-il.

— Faire quoi ? Aller chercher des glaçons ou rendre visite à des inconnus ?

— Les deux.

— C'est vrai. Pour les inconnus, pas pour les glaçons.

— Vous n'avez pas de domestiques ?

— Je déteste ce mot !… J'ai quelqu'un qui s'occupe à plein temps de ma maison, c'est vrai. Une dame charmante qui vit chez nous. Et puis mon chauffeur.

— C'est déjà pas mal, conclut Aubin en levant son verre.

Elle manque de dire *à votre santé*, se retient juste à temps.

— À quoi on trinque ? demande-t-elle.

— À vous. À votre sourire… Désarmant, fascinant.

— Le vôtre est pas mal non plus.

Elle n'en revient pas. Comment a-t-elle osé dire ça ? Elle joue son rôle à merveille.

Non, il a réellement un beau sourire. Si on parvient à occulter le reste du visage.

— Il me reste au moins ça, soupire Aubin.

— Ça s'est passé comment ? interroge Morgane. Enfin, vous n'êtes pas obligé de…

— Ça ne me dérange pas. Je me suis pris une cuite et un mur à cent kilomètres heure au volant de ma bagnole.

Il maîtrise l'art d'aller droit au but.

— Mais… Mais vous me dites dans votre lettre que…

— Que je vais mourir ? C'est vrai. Après l'accident, je suis resté plusieurs mois à l'hosto. Ils m'ont opéré sept fois pour essayer de recoller les morceaux. Ensuite, il y a eu la rééducation. Et un an et demi après ma sortie, j'ai appris que j'avais chopé une saloperie pendant mon séjour. C'est elle qui est en train de s'occuper de moi. De me tuer à petit feu… Il ne me reste plus très longtemps. Un an, peut-être… Ou moins. C'est fou comme c'est dangereux l'hosto ! Il y a tout un tas de merdes qui traînent partout.

Morgane hésite, mais curieusement, elle brûle de savoir.

— Pourquoi ?… Cette cuite ?

— À cause de vous.

Elle a l'impression que le ciel vient de lui tomber sur la tête, mais elle a dû mal entendre.

— Pardon ?

— Eh oui, Morgane, c'est à cause de vous si je me suis pris ce putain de mur de plein fouet. C'est à cause de vous si je vais mourir.

Sa voix n'est pas menaçante. Seul son sourire a disparu. Morgane s'est figée, un frisson se promène le long de sa colonne vertébrale.

— Je vois que vous ne vous souvenez pas de moi…

Il lui raconte. Le film, le caprice de la star refusant que cet inconnu joue à ses côtés. Morgane se décompose, elle a les doigts sur le biper. À force de trembler, elle va finir par appuyer dessus. Un instant, elle imagine Bertrand défonçant la porte et a envie de rire. La seconde d'après, elle imagine Aubin qui se jette sur elle avec un couteau de cuisine pour lui dessiner le même visage ; et elle a envie de s'enfuir.

Tout se bouscule dans sa tête.

— Voilà, conclut Aubin. Vous savez tout.

Elle reste tétanisée en face de lui, il se remet à sourire.

— Détendez-vous, je ne vais pas vous étrangler !

— Je suis… désolée.

— J'en suis sûr. Je vous avoue que je vous en ai voulu. À mort.

Morgane ne va pas tarder à lâcher son verre. La façon dont il a dit *à mort*…

— Et puis cette envie de vengeance a disparu, doucement. Et mon admiration pour vous est revenue, aussi forte qu'avant. Mais je me suis dit que mon plus beau cadeau avant de crever, ce serait de vous rencontrer. De parler avec vous. De vous avoir près de moi, ne serait-ce qu'un instant. Alors merci d'être là, Morgane.

Elle se sent tout à coup plus rassurée.

— Vous êtes sûr que… Il n'y a vraiment aucun espoir de guérison ?

— Aucun, tranche-t-il un peu brutalement. Il n'y a que la mort, il faut l'accepter. De toute façon, c'est mieux comme ça. J'ai tout raté, tout gâché. Et cette vie de merde, je ne regretterai pas tant que ça de la quitter, je vous assure.

— Vous souffrez ?

— Oui. J'ai une barre en fer fixée à la colonne verté-brale, une prothèse à la place de la jambe gauche… Ma jambe droite est encore là, mais salement amochée. L'état des lieux fait peur, non ?

Il rigole, mais Morgane sent la douleur percer derrière la fronde.

— Et encore, je parle pas de ma gueule. Remarquez, j'aurais pu me recycler dans les films d'horreur. Ils auraient fait des économies de maquillage avec moi. Frankenstein a enfin une concurrence sérieuse !

Le cœur de Morgane se serre douloureusement.

— Vous exagérez, murmure-t-elle. Vous n'êtes pas défiguré. Vous n'avez rien d'effrayant. Au contraire…

Il semble un peu surpris, la fixe d'un drôle d'air. Elle ment, c'est évident. Mais avec quel talent !

— La mémoire vous revient, Morgane ? poursuit-il.

— Oui, je me souviens de… Je me souviens avoir fait des pieds et des mains pour que ce soit un autre acteur que vous qui joue dans le film. Il le voulait, je lui avais promis et… Je ne sais pas trop quoi vous dire. Je vais avoir du mal à me justifier. Mais jamais je n'aurais pensé que…

Elle peine à trouver les mots.

— Je suis désolée, répète-t-elle finalement.

Désolée… Que le mot est faible. D'ailleurs, il reste coincé dans la gorge d'Aubin, comme une arête de poisson. Morgane le sent. Mais quel autre mot ? D'ailleurs, en existe-t-il un qui soit assez fort ? Alors, elle ajoute :

— Je ne sais pas comment me faire pardonner.

— Vous êtes là, dit-il. C'est la meilleure façon. Votre présence me fait du bien. Je n'étais pas sûr avant de vous rencontrer, mais je ne regrette pas de vous avoir écrit cette lettre. Finalement, j'ai bien fait de ne pas vous tuer.

Cette fois, elle lâche son verre qui s'écrase par terre. Aubin éclate de rire.

— Pardonnez-moi, je vous ai fait peur. Je déconnais, vous savez.

— Mon Dieu, je suis désolée…

— Arrêtez un peu de dire que vous êtes désolée, Morgane. Ce n'est pas comme ça que je vous aime.

— Il faut que j'y aille.

Elle se lève brusquement, le décor tangue autour d'elle. Ce n'est pas le petit verre d'alcool, non. Autre chose. Elle ferme les yeux, s'accroche au dossier du canapé. Lorsqu'elle les rouvre, Aubin se tient devant elle.

— Ça ne va pas ? s'inquiète-t-il. C'est de ma faute, je suis vraiment trop con. À mon tour d'être désolé.

— Non, ce n'est rien, je suis seulement fatiguée.

Elle lui tend la main, il la serre un peu fort.

— Merci d'être venue, Morgane. Ai-je la moindre chance de vous revoir avant de… ?

Oui, ils se sont revus. Plusieurs fois. Entre deux tournages.

Aubin avait sur Morgane un étrange pouvoir d'attraction. À moins que ce ne soit simplement ce terrible sentiment de culpabilité qui la rongeait et la poussait vers lui. Attendait-elle une punition ? Une peine à exécuter ?... Le voir dépérir lentement, s'attacher à lui pour souffrir le jour venu. C'était peut-être ça, la fameuse peine.

Ils se retrouvaient dans un bistrot, près de chez Aubin. Ou dans un jardin public.

À chaque fois, personne n'était au courant. Pas même Bertrand, remplacé par un chauffeur de taxi anonyme.

À chaque fois, elle appréciait un peu plus ces brèves rencontres où Aubin parlait très peu de lui, beaucoup de Morgane. Mais pas de l'actrice, de la femme se cachant derrière. Comme s'il pouvait lire au plus profond d'elle-même. Comme s'il la connaissait, mieux que personne.

Cet inconnu, pourtant.

Il la faisait rire, souvent. Pleurer, parfois.

Oui, il aurait fait un acteur prodigieux.

En sa compagnie, elle changeait. Elle oubliait la star, redevenait une adolescente se rendant en cachette à des rendez-vous interdits.

Elle soignait ainsi sa bonne conscience, certaine que ces rencontres rendaient sa fin de vie moins pénible. Il le lui avait dit, d'ailleurs ; elle n'inventait rien.

Progressivement, elle s'habituait au visage d'Aubin. Les cicatrices s'estompaient, elle parvenait à voir au-delà. À le voir comme il devait être avant.

Avant... Qu'elle le défigure. À jamais. Qu'elle l'assassine.

C'est au cinquième rendez-vous que c'est arrivé.

Aubin avait dit être trop exténué pour se déplacer. Le taxi avait déposé Morgane en bas de l'immeuble.

… Elle pousse la porte déjà ouverte de l'appartement. Aubin est assis dans son fauteuil. C'est vrai qu'il a l'air fatigué. Elle se pose sur le canapé, le sourire du jeune homme s'évapore.

— Qu'est-ce qui vous est arrivé ? demande-t-il.

— C'est rien.

— Comment ça, *rien* ? Qui vous a fait ça ?

Elle baisse les yeux. Elle a hésité à venir dans cet état. Mais finalement, elle avait besoin de le voir, de lui parler. De lui montrer. Que sa vie non plus, n'était pas un conte de fées. Qu'elle souffrait, elle aussi.

Oui, elle aurait pu annuler ce rendez-vous. Ne l'a pas fait. Comme s'il n'y avait qu'à lui qu'elle pouvait confier l'indicible… Cet étranger qui la fascine, malgré elle. Cette épaule et ces bras qui l'attirent. Ce visage qui l'écœure.

Aubin vient s'asseoir près d'elle, écarte délicatement une mèche de cheveux qui tente maladroitement de cacher la trace de coup sur son visage. Aussi maladroitement que le fond de teint. À ce contact furtif, elle frissonne.

— Ton mari ?

Ce tutoiement inopiné mais espéré la déstabilise. Elle acquiesce d'un hochement de tête.

— C'est la première fois ?

— Non. C'est… ça arrive, parfois. Mais parlons d'autre chose, implore Morgane.

— Si tu n'avais pas envie qu'on en parle, tu ne serais pas là.

Elle baisse les yeux.

— Pourquoi tu acceptes ça ? s'écrie-t-il soudain.

C'est la première fois qu'il élève la voix, elle sursaute.

— J'ai pas le choix.

— *Pas le choix ?!* Je rêve ! Pourquoi tu divorces pas de ce malade ?

— Je ne peux pas. Il…

— Me dis pas que c'est une question de fric tout de même ! s'emporte Aubin.

Il la force à le regarder, elle ne va pas tarder à fondre en larmes.

— C'est vrai que si je divorce, je dois lui donner la moitié de ma fortune ! dit-elle avec un sourire triste. Mais ce n'est pas pour ça que je reste, même si ça me ferait très mal de lui filer cet argent alors que c'est moi qui l'ai gagné… Il sait quelque chose sur moi. Quelque chose de compromettant… Et il balancera tout si je le quitte.

— C'est quoi, cette histoire ? T'es pas obligée de me le dire, remarque… Mais moi, j'irai pas le répéter à *Paris Match* ! Même si je pourrais me faire un paquet de pognon.

— Une vieille histoire…

Elle ne l'a jamais racontée à personne, les mots refusent de venir.

— Te force pas, murmure Aubin. Ça ne me regarde pas. Mais ce mec n'a pas le droit de lever la main sur toi.

— Et moi, je ne peux pas le quitter… Tu sais, il n'était pas comme ça, avant.

Avant…

Elle se souvient, à haute voix. La rencontre, puis le mariage, alors qu'ils étaient encore étudiants. Un véritable coup de foudre. Comme dans les films qu'elle ne tournait pas encore.

Et puis la célébrité, sans crier gare.

Lentement, le comportement de Marc a changé. A-t-il mal supporté que sa femme devienne un objet d'adoration pour les foules ? De fantasme pour des millions d'hommes à travers le monde ? Sans doute. Alors que lui vivait à ses crochets, s'essayait à divers métiers sans jamais trouver sa voie. Il était devenu le mari de. Rien d'autre.

Un mari maladivement jaloux, imaginant que sa femme le trompait sans cesse.

— Ça ne justifie pas qu'il te frappe, conclut Aubin.

Jugement sans appel.

— S'il balance ce qu'il sait sur moi, ma carrière est terminée. Je serai jetée en pâture aux médias, je ne le supporterai pas. Je préfère encore les coups… Ceux-là font moins mal.

Elle ne peut retenir ses larmes plus longtemps, il la serre dans ses bras. Entre deux sanglots, elle confesse :

— Si tu savais comme je le hais, parfois ! Si tu savais comme j'aimerais qu'il crève ! Parfois, la nuit, je rêve qu'il est mort. Un soulagement intense…

— Alors quitte-le ! s'écrie un peu brutalement Aubin. Même si ça doit te coûter ta carrière ou ta fortune !

Elle le dévisage d'un air effaré. Il l'attrape soudain par le bras, l'emmène de force vers un grand miroir à l'autre bout du salon.

— Regarde-toi, Morgane ! hurle-t-il.

— Arrête !

— Regarde ton visage… Tu te plais, comme ça ? Dis-moi que tu aimes qu'il te fasse ça !

Elle ne répond pas, fixe son reflet dans la glace. Au travers d'un rideau de larmes.

— Allez, dis-le-moi ! exige Aubin.

— Bien sûr que non, murmure la jeune femme.

— Tu veux que ça continue ?

Elle avoue que non, d'un simple signe de tête. Ils se regardent par miroir interposé ; elle ne le reconnaît pas.

Alors, elle quitte l'appartement sans un mot.

Cette nuit-là, Aubin n'a pas dormi. Il a passé des heures devant une page blanche. Incapable de coucher sur le papier ce qui se déchaînait dans son crâne.

Il a fini par écrire une phrase, une seule :

Je sais qu'elle pensera à moi longtemps après ma mort.

Quelques semaines plus tard, ils se sont revus. Chez Aubin. Un après-midi pluvieux, malgré l'été qui venait tout juste d'arriver.

… Morgane s'assoit sur le sofa, croise ses jambes. Elle porte un tailleur, des bas couleur chair, des escarpins noirs. Sublime.

Aubin dépose un baiser sur sa main. Ils commencent à discuter autour d'un café, Morgane ne songe pas à lui demander comment il va. S'il souffre, s'il est fatigué. S'il a peur.

Elle lui raconte son tournage en cours, épuisant. Oubliant qu'il aurait bien aimé s'épuiser sur les tournages. Au lieu de s'épuiser à lutter contre la maladie. Au lieu d'attendre la mort.

Il l'écoute, sagement. Sans mot dire.

Et soudain, une phrase tombe comme un cheveu sur la soupe :

— Est-ce que ton mari a recommencé ?

Morgane devient livide.

— Non, dit-elle. Ça n'arrive pas souvent, je te l'ai dit…

Il se lève. Son visage a changé.

— Il recommencera, tu le sais aussi bien que moi. Et pourtant, tu es toujours avec lui.

— Je te l'ai dit, je ne peux pas…

— Arrête, prie-t-il.

Il se plante devant elle, la fixe d'une étrange manière.

— Je veux t'aider, Morgane.

— M'aider ? Mais… Tu ne comptes pas aller lui parler, j'espère ? S'il sait qu'on se voit, il…

— Lui parler ? Pour quoi faire ?… Je vais le tuer.

Morgane a la respiration coupée.

— Hein ? Tu es devenu fou !

— Non. Je ne suis pas cinglé. Je vais tuer ce salaud pour toi.

Elle se lève à son tour, comme expulsée du canapé par une décharge électrique.

— Arrête, Aubin. Tu me fais peur.

— Tu as bien dit que tu aimerais le voir crever ? Que ce serait un intense soulagement ? Eh bien, je suis prêt à lui offrir un aller simple pour l'enfer.

— Aubin, je t'en prie, cesse de délirer.

— Ai-je l'air de délirer ?

Pas le moins du monde.

— Je vais tuer ce type, avant qu'il te tue.

Il continue à la fixer, avec un regard effrayant. Non, il ne délire pas. Il est parfaitement sérieux.

— Tu n'as qu'un mot à dire, Morgane. Un seul. Et je le tuerai pour toi.

— Qu'est-ce que tu veux, hein ? murmure-t-elle. Qu'est-ce que tu cherches ? Tu essaies d'obtenir de l'argent, c'est ça ? Tu crois que je vais te payer pour… Comme un tueur à gages !

— Tu ne m'écoutes pas quand je parle, soupire Aubin. Ton fric ne m'intéresse pas… tu peux te le garder.

— Je ne veux pas en entendre plus, dit-elle en prenant ses affaires. Tu es devenu complètement fou.

Elle se dirige vers la porte, il la rattrape *in extremis*.

— Oui, je suis fou, avoue le jeune homme.

Il passe ses bras autour de sa taille, l'attire un peu brutalement contre lui.

— De toi...

Elle ferme les yeux. Parce qu'elle ne voit plus à cet instant que le monstre qu'elle a enfanté.

Parce qu'elle brûle de lui dire *oui, vas-y, tue-le pour moi*.

— Donne-moi ce que je veux et il est mort, chuchote-t-il dans son oreille.

Elle se dégage de son emprise, recule de quelques pas.

— Pour qui tu te prends ? balance-t-elle avec violence. Tu t'es regardé ? Tu me donnes envie de vomir...

Elle s'arrête de cracher son venin, tourne la tête.

— C'est toi qui m'as défiguré, Morgane, rappelle-t-il d'une voix étrangement douce.

— Pardon, je... Je ne voulais pas dire ça... Pardon.

Elle ouvre la porte et s'enfuit à toute vitesse.

Elle reviendra, je le sais.

Tu reviendras, Morgane. Et tu seras à moi.

Décidément, l'été est pluvieux. En ce début du mois de juillet, les averses se succèdent.

Aubin a poussé le fauteuil devant la porte-fenêtre, il regarde la pluie qui s'acharne à lui faire oublier le soleil. Pourtant, c'est sans doute son dernier été. Dame Nature aurait pu faire un effort.

La sonnette retentit, il sourit. Il se lève en grimaçant de douleur, marche lentement jusqu'à l'interphone. Il n'est pas surpris d'entendre la voix de Morgane.

Elle reviendra, je le sais...

Cette femme devenue obsession. Qui hante ses jours, ses nuits, ses rêves et ses cauchemars.

Quelques secondes plus tard, elle s'avance vers lui. Il ne bouge pas, reste planté devant la porte, lui barrant le passage.

— Bonjour Aubin.

— Il n'y est pas allé de main morte, ce salaud, constate-t-il sans la moindre émotion apparente.

Elle détourne son regard un instant.

— Je peux entrer? demande-t-elle.

Il s'efface enfin pour la laisser pénétrer chez lui.

— Tu peux enlever tes lunettes, ici, ajoute-t-il en fermant la porte. Il n'y a pas de paparazzi sur le balcon.

Elle obéit, dévoilant un coquard à l'œil gauche. Elle se laisse tomber sur le sofa, allume une cigarette. Elle a recommencé à fumer, depuis peu.

Une marque de strangulation dans le cou, un hématome sur le visage. Sans doute d'autres sur le corps. Elle va encore être obligée de trouver un prétexte pour s'absenter du tournage en cours.

— C'était avant-hier soir, dit-elle. Il est devenu comme fou…

— Il *est* fou, rectifie sèchement Aubin.

Morgane s'effondre soudain en larmes, sans préavis. Il ne fait pas un geste, la regardant seulement se noyer dans ses propres sanglots. Au bout de quelques instants, il la prend par les épaules et l'oblige à relever la tête :

— Tu t'en es pris plein la gueule et tu t'es dit : tiens, si j'allais m'épancher sur l'épaule de ce cher Aubin ?… C'est ça ?

Il la considère avec un odieux sourire. Elle le repousse violemment, se met debout.

— Je voulais juste m'excuser pour ce que je t'ai dit la dernière fois, mais… mais j'ai eu tort de revenir !

— Tu mens. Tu n'es pas venue pour t'excuser. Juste aujourd'hui, juste après avoir subi la violence de ton *cher* mari. Quel curieux hasard !

— Tu as raison, je ne vois même pas ce que je suis venue faire ici ! avoue-t-elle avec hargne.

Elle veut partir, il la retient, l'emprisonne dans ses bras.

— Oh si, tu sais parfaitement ce que tu es venue chercher ici, Morgane. Et moi aussi, je le sais.

— Lâche-moi, je m'en vais

— T'as envie d'aller le retrouver ? Il te manque ? Tu as envie de morfler encore un peu ?

— Laisse-moi ! Je croyais que tu étais…

— Que j'étais quoi, Morgane ? Un pauvre admirateur transi, rampant à tes pieds ? Un objet de pitié, peut-être ? Une bonne action pour rassurer ta conscience ?

— Mon ami !

— Ton ami ?

Il éclate de rire.

— Qu'est-ce que tu racontes, Morgane ! On n'a jamais été amis, toi et moi. Jamais…

Elle recommence à sangloter, il caresse ses cheveux.

— C'est moi que tu es venue chercher, poursuit-il d'une voix tranquille. Et tu vas me demander de le tuer, je le sais. N'est-ce pas, Morgane ?… Tu penses peut-être que tes larmes y suffiront. Qu'elles sauront m'apitoyer, que je n'exigerai rien d'autre…

Elle tente de se libérer, il la tient fermement, continue à parler près de son oreille.

— Mais un meurtre n'est jamais gratuit, Morgane. Jamais… Il faut que tu me donnes une bonne raison de me salir les mains pour toi.

Elle parvient enfin à se dégager, marche à reculons vers la porte. Titube, presque. Tout en le dévisageant avec horreur.

— Je ne suis pas pressé, annonce Aubin.

Il rit à nouveau.

— Enfin, reviens tout de même avant que je sois mort...

— Je ne remettrai plus jamais les pieds ici ! prévient-elle d'une voix tremblante.

— Vraiment ? Moi, je suis sûr que tu reviendras. La prochaine fois qu'il te frappera, qu'il te traitera comme une moins-que-rien. Tu reviendras, Morgane.

— Non ! Tu ne vaux pas mieux que lui, finalement !

— Peut-être. Pourtant, c'est à moi que tu es venue te confier. C'est ici que tu es venue chercher de l'aide... Je ne vaux peut-être pas mieux que lui, mais moi, j'ai quelque chose à t'offrir.

Elle pose la main sur la poignée de la porte.

— Ne me fais pas trop attendre, Morgane. On ne sait jamais, je pourrais changer d'avis.

Il pensait qu'elle mettrait plus de temps. Il avait même quelques doutes. *Reviendra-t-elle ?* Mais cinq jours plus tard, elle a frappé à sa porte. Seulement cinq jours...

... Morgane attend sagement sur le paillasson. Malgré la pénombre du couloir, Aubin devine qu'elle est salement amochée. Il ne fait pas un mouvement, comme s'il n'avait pas l'intention de la laisser entrer. Alors, elle le bouscule, manque même de lui faire perdre l'équilibre et s'invite dans l'appartement. Il sourit, ferme la porte.

À clef.

Elle est debout dans le salon, près de la table basse. Ils n'ont pas échangé un seul mot. Ils s'observent. Lui, continue à sourire, presque tendrement. Elle, ressemble à un morceau de marbre blanc.

Elle dépose son sac sur le sol, enlève le foulard noir qui couvre sa tête, laissant libre cours à sa chevelure flamboyante. Puis ses lunettes de soleil.

Nouveau coquard.

Elle ôte sa veste, se retrouve en débardeur. Le regard d'Aubin s'attarde sur les hématomes qui marquent douloureusement sa peau.

— Il ne t'a pas ratée, on dirait.

— Je veux que tu le tues.

Il se laisse tomber dans son cher fauteuil.

— Tu *veux* ? C'est un ordre, ou je me trompe ?

— Tu te dégonfles, c'est ça ?

— Pas le moins du monde… Et toi ?

— Débarrasse-moi de ce fumier et tu auras ta récompense.

Il se met à rire.

— Allons, Morgane, je t'en prie ! Tu n'es pas sur un tournage, là ! Tu ne joues pas un rôle… Tu es dans la vraie vie. Et tu sais bien que ça ne marche pas comme ça.

Elle serre les mâchoires.

— Je me doutais que c'était du vent, que tu n'aurais pas le cran.

— Tu te trompes, répond-il sans se départir de son calme. Je vais tuer cette ordure.

Il se relève, abandonne ses béquilles, s'approche.

— Ma mort entraînera la sienne, ajoute-t-il d'un ton effroyable.

Elle le dévisage avec incompréhension.

— Désolé, mais il te faudra attendre encore un peu.

— Je veux qu'il crève, maintenant !... MAINTENANT !

Elle frise l'hystérie.

— Du calme, Morgane. Tu l'as supporté pendant des années, tu peux bien attendre encore un peu, non ?... Je n'ai pas l'intention de finir ma courte vie en taule. Alors tu auras ce que tu désires lorsque je serai mort. À condition que j'aie tout ce que *je* désire d'ici là, bien sûr.

— Qu'est-ce qui me prouve que tu le feras ?

— Absolument rien. Tu dois te contenter de ma parole.

Elle hésite encore à ramasser ses affaires et à fuir cet endroit. Ou à se jeter dans ses bras. Ses bras qui l'attirent irrésistiblement. Ce mélange de répulsion et de désir qui la déchire depuis de si longues semaines.

— Tu comptes t'y prendre comment ? demande-t-elle finalement.

— L'important, c'est que tu sois sûre de ta décision. Pour le reste, laisse-moi faire. Tu ne seras pas inquiétée, je serai le seul coupable. Ce sera un crime parfait... Alors ?

Elle ne répond pas tout de suite. Il devine que sa façade parfaite est en train de se craqueler, qu'elle ne va pas tarder à fondre en larmes. Il imagine sa détresse, l'humiliation ; celle endurée la veille, celle subie maintenant.

Elle commence à se dévêtir, sous le regard d'Aubin.

— Doucement, dit-il. Arrête ça...

— C'est bien ce que tu veux, non ?

Les sanglots qu'elle retient inondent sa voix.

— Non, répond-il. Ce n'est pas ce que je veux...

Il la prend par le bras, l'attire doucement vers lui. Elle a l'impression de tomber dans un piège. Mortel.

Comme prévu, elle se met à pleurer. Il caresse son visage, essuie ses larmes. Elle semble se calmer, un peu. Il la pousse doucement jusqu'au mur, l'embrasse. Elle se laisse faire. Mais ce qu'il voit dans ses yeux lui fait mal. Tellement mal.

— Je te fais horreur, n'est-ce pas ?

Elle n'ose même pas le contredire. Il récupère alors le foulard qui gît par terre, le plie en rectangle.

— Qu'est-ce que tu fais ? demande Morgane d'une voix terrorisée.

— N'aie pas peur.

Il se place derrière elle, lui bande les yeux.

— Je ne veux pas t'infliger ça. T'obliger à voir ce que tu as fait de moi…

Elle a cessé de pleurer, s'est mise à trembler. Il la prend à nouveau dans ses bras. Il est tellement rassurant, tellement tendre. Tout le contraire de Marc.

Pourquoi l'a-t-elle détruit ? Pourquoi s'est-elle privée de la chance de le rencontrer plus tôt ?

— Bientôt, il sera mort, ajoute encore Aubin. Et moi aussi.

— Ne dis pas ça…

Enfin, elle pose ses mains sur lui. Du bout des doigts, elle déchiffre son visage dévasté. Puis elle déboutonne sa chemise, effleure son dos. Elle suit l'interminable cicatrice parallèle à sa colonne vertébrale, qui remonte presque jusqu'à sa nuque.

En braille, ça devient terriblement séduisant.

— Je te jure qu'il ne te fera plus aucun mal, Morgane. Je te jure qu'il va payer. On doit toujours payer le mal qu'on inflige… Toujours.

Morgane n'a pas bougé, immobile devant la tombe de Marc. Revivant en accéléré cette rencontre qui a changé sa vie. Cette lente et terrible préméditation.

Les yeux fermés, elle peut presque sentir son parfum, toucher sa peau. Tout ce qui lui manque cruellement.

Les yeux fermés, comme si elle portait encore ce bandeau noir sur les yeux.

C'est devant sa tombe qu'elle devrait être. Sauf qu'elle n'en a pas le droit.

Les images affluent, elle a du mal à respirer.

Pendant des mois, elle l'a rejoint. Chez lui. Pour payer d'avance le meurtre. Non, l'assassinat. Inutile de se mentir, elle aurait continué à le rejoindre même s'il avait renoncé à tuer Marc. D'ailleurs, elle n'avait aucune certitude qu'il le ferait. Qu'il accomplirait ce crime. Ce crime qui a bien failli lui coûter la vie… Si ces types n'étaient pas passés près de la maison, elle serait morte avec Marc.

Aubin avait-il songé à cela ? A-t-il voulu la tuer, elle aussi ? Non, impossible…

Elle a toujours les paupières closes, toujours ce bandeau sur les yeux.

Elle a tenté une seule fois de l'enlever ; il l'en a empêchée, un peu brutalement. A toujours refusé qu'elle voie ce qu'il était.

Fascinantes ténèbres.

Aussi fascinantes que ce jeu, que cet homme…

Une des expériences les plus fortes de sa vie.

Et puis un jour, Aubin lui a annoncé que c'était terminé. Qu'elle ne reviendrait pas, qu'il ne lui ouvrirait plus la porte. Quelques mots terribles, restés gravés à jamais dans sa mémoire.

Je ne veux plus que tu viennes, Morgane. C'est fini. Le notaire te remettra une lettre et tu n'auras qu'à respecter mes dernières volontés. Je te léguerai ma maison dans les Cévennes, tu t'y rendras. Arrange-toi pour que ce fumier t'accompagne. C'est là qu'il mourra... Surtout, suis mes instructions. Mon cadeau se trouvera dans un coffre. Ne le touche pas, Morgane... Il est temps de nous dire adieu, maintenant.

Comme elle refusait, il l'a prise une dernière fois dans ses bras.

Je tiendrai parole, Morgane. Et ce sera très bientôt. Il ne me reste plus très longtemps, je le sais. Je le sens. Je ne veux pas que tu assistes à ça... À ma déchéance. Je veux que tu gardes un autre souvenir de moi... Maintenant, je peux mourir heureux. Je sais que tu ne m'oublieras pas.

Il avait raison, il ne s'est pas passé une heure sans qu'elle pense à lui.

Souvent, elle remet le bandeau sur ses yeux, a l'impression de pouvoir le toucher...

Enfin, elle décide de quitter le cimetière. Après avoir demandé pardon à Marc.

Pardon de l'avoir tué. Pardon de l'avoir trompé.

Alors qu'elle ne l'avait jamais fait avant, durant toutes ces années.

Il fait déjà nuit depuis longtemps mais les ténèbres n'ont plus rien de fascinant.

Elle revient d'entre les morts, dans un froid cinglant. En passant le portillon, elle salue le gardien qui l'attendait pour pouvoir fermer. Elle s'engage dans la rue, sent une larme réchauffer son visage glacé. Pas un jour sans penser à lui...

Et désormais, pas un jour sans penser à Marc. Cette monstrueuse culpabilité qui la détruit à petit feu. Qui l'empêche parfois de respirer.

Il n'était pas si mauvais. Elle aurait pu choisir de le quitter. Elle l'a tué.

Comme elle a tué Aubin.

Deux meurtres sur la conscience. Un homicide involontaire, un assassinat.

Ce crime parfait, parfaitement insupportable.

Elle se dirige vers la Chrysler, garée à une cinquantaine de mètres.

Sur son chemin, un homme. Allongé par terre, sur un carton. Avec, pour seule compagnie, une bouteille de vin presque vide. En passant, elle lui jette un regard. Alors que lui ne la voit pas. Normal, il fixe le mur du cimetière.

Il va sans doute crever de froid cette nuit.

Mourir, dans l'indifférence générale.

Tous coupables. Tous.

Pourtant, aux yeux de la loi, personne ne sera condamnable.

Personne.

Voilà le crime parfait.

Celui où l'on n'a aucun remords…

*
* *

Paris, domicile de Morgane Agostini,
le lendemain matin

Morgane n'a pas réussi à dormir, malgré le somnifère. Et l'alcool.

Elle n'aurait pas dû retourner sur la tombe de Marc. Il est venu la tourmenter toute la nuit.

Il n'arrêtera plus jamais de la torturer…

Elle s'est installée dans la véranda pour boire son café. Bertrand tape à la vitre, elle manque de lâcher sa tasse. Difficile d'être coupable ; chaque bruit la fait désormais sursauter. Le garde du corps entre dans la pièce surchauffée.

— Excuse-moi de te déranger, mais il y a une dame qui insiste pour te voir, annonce-t-il.

— Qui est-ce ? demande-t-elle avec lassitude.

Il lui tend une carte de visite, son cœur s'emballe. Claire Aubrecht, la sœur d'Aubin.

— Fais-la entrer.

Bertrand repart vers la grille, Morgane enfile un pull avant de sortir sur le perron. Claire ne tarde pas à s'avancer, Morgane descend les marches.

— Bonjour, madame Agostini. Merci de me recevoir.

— Bonjour, Claire.

— Je pensais que vous refuseriez de me voir. Après ce qui s'est passé…

— Vous n'y êtes pour rien, dit doucement Morgane. On marche un peu ?

Claire hoche la tête, les deux femmes s'engagent dans la grande allée bordée de tilleuls.

— Je voulais venir avant, mais je n'en ai pas eu le courage.

— Que vouliez-vous me dire ? demande Morgane.

— À quel point je suis désolée. À quel point je…

Elle est sur le point de pleurer, Morgane passe un bras autour de ses épaules. C'est fou comme elle ressemble à Aubin.

— Je ne comprends pas ! gémit Claire avec des sanglots dans la voix. Je ne comprends pas pourquoi il a fait ça !

— Écoutez, Claire… vous n'avez pas à vous sentir coupable. Coupable à la place de…

Elle a failli dire à la place *d'une autre*, s'est retenue juste à temps.

— À la place de votre frère. Vous n'y êtes pour rien, cessez de vous torturer, je vous en prie.

Claire essuie ses larmes.

— Vous savez, il n'était pas mauvais… Mais il a tant souffert. C'est la douleur qui a dû le rendre fou.

Le cœur de Morgane se comprime douloureusement.

— Comment… Comment est-il mort ? demande-t-elle soudain.

Claire la considère avec étonnement, puis émotion.

— Il a refusé d'aller à l'hôpital. Il s'est d'abord réfugié dans sa maison, en Ardèche. Si on avait su ce qu'il y faisait, mon Dieu…

Elle fait une pause, Morgane allume une cigarette.

— Et puis, il est revenu. Pour… Pour les derniers jours. Il allait vraiment très mal, il était mourant… Mais impossible de le conduire à l'hôpital. C'était là qu'il avait attrapé sa maladie, il ne voulait pas y retourner.

— Je comprends, dit Morgane. C'était quoi, cette maladie ?

— Le sida.

J'étais là, vous savez. Quand il est parti, j'étais près de lui… Il souriait.

— Morgane ? Ça ne va pas ?… Vous ne vous sentez pas bien ?

… Maintenant, je peux mourir heureux. Je sais que tu ne m'oublieras pas…

— Que se passe-t-il ? Morgane, vous m'entendez ?

On doit toujours payer le mal qu'on inflige… Toujours.

— Répondez-moi je vous en prie… !

Je te garde une place en enfer. Là, tu seras bien obligée de jouer à mes côtés.

— Morgane ?

D'abord, c'est la culpabilité qui s'insinuera en toi, doucement.
Pour te dévorer de l'intérieur, lentement.
Et puis viendra enfin le châtiment.
Mon châtiment…

Le crime parfait, Morgane.

J'AIME VOTRE PEUR

Lundi, 23 h 50

— *L'empreinte sanglante d'un pied nu, la suivre au long d'une rue…*

Elle le fixe, avide de sa réaction. Il attrape son paquet de Gauloises sur le chevet.

— Fume pas au lit, merde !

— Ça m'aide à réfléchir, prétend-il en allumant sa clope. Les éditeurs ont parfois de drôles d'idées… Pourquoi t'imposer une phrase de départ ?

— C'est pas la question.

— Bon… Une ruelle sombre, un type qui marche vite. Il s'arrête net en voyant l'empreinte sanglante d'un pied sur les pavés… Coup d'œil circulaire, il a les jetons ! Il suit les traces, aperçoit une fille sur le trottoir, au bout de la rue.

— Morte ?

— Il ne sait pas… Assise à côté des poubelles, comme une poupée jetée aux ordures. Robe pleine de sang, les yeux ouverts. Il regarde encore autour de lui, s'attend à voir une sorte de monstre armé d'une hache…

Natacha éclate de rire, elle rajeunit de vingt ans.

— … Une main se pose sur son épaule ! Il pousse un hurlement à réveiller tout le quartier puis reçoit un coup derrière la nuque…

— Et après ?

— C'est toi l'auteur, non ? Alors la suite, c'est toi qui la trouves.

— Hum… Un peu classique comme début d'intrigue. Déjà vu mille fois !

— Désolé chérie, mais pour le moment je ne vois rien d'autre… Ou bien alors… Une Cendrillon des temps modernes : un escarpin à côté de la flaque de sang. Le mec imagine une fille blessée, va tout tenter pour la retrouver… Sauf que Cendrillon, ce n'est pas une pauvre servante, mais une jeune Bulgare victime de la traite des Blanches qui tente d'échapper à son mac.

— Quelle imagination ! s'extasie faussement Natacha. C'est toi qui devrais les écrire, les romans !

Il passe une main sous les draps, remonte doucement à l'intérieur de sa cuisse.

— Peut-être qu'un jour, j'en aurai marre de mon boulot et que je te ferai de la concurrence ! Les éditeurs adorent les flics qui écrivent des polars…

— Ouais, ils ont vraiment *de drôles d'idées* ! raille Natacha. Un monstre armé d'une hache, hein ?

Yann l'embrasse dans le cou, elle ferme les yeux.

— Tu vois, finalement, tu es très inspiré, murmure-t-elle.

— Très, confirme Yann.

Une sonnerie incongrue les stoppe dans leur élan, le sourire de Natacha se fige. En maugréant, Yann se hâte de récupérer son portable.

— C'est Fischer. Désolé de te réveiller !

— Justement, je ne dormais pas…

— Pardon, mon vieux, mais on a une urgence : Maxime Hénot s'est fait la belle de l'UMD[1].

Yann arrête de respirer. *L'empreinte sanglante d'un tueur, la suivre au long d'une vie…*

— Merde ! Dis-moi que c'est pas vrai… Il s'est tiré y a combien de temps ?

— À peine une heure.

— *À peine une heure ?* Tu te fous de ma gueule ou quoi ?

— T'énerve pas… Les képis sont déjà sur le coup, ils ont mis les barrages en place. Hénot a piqué la bagnole d'une femme devant l'hosto… Une Golf blanche.

— Des dégâts ?

— Il a buté un infirmier, gravement blessé un vigile ainsi que la propriétaire de la voiture. Elle est entre la vie et la mort.

— Putain… T'es où ?

— En bas de chez toi.

— J'arrive.

Pour rejoindre Avignon depuis Aix, ils en ont pour une petite heure environ. Mais Maxime Hénot, dans *sa* Golf, a pris de l'avance.

— Je dois y aller. On a un fou dangereux dans la nature.

— Fait chier ! marmonne Natacha en se tournant face au mur.

Yann n'insiste pas. À quoi bon ? Il s'habille à la va-vite, récupère son flingue au fond d'un tiroir avant d'enfiler un blouson. *Dors bien, chérie.*

---

1. Unité pour malades difficiles au sein d'un hôpital psychiatrique.

Mardi, 6 h 07

Se débarrasser de cette Golf, recherchée par toute la flicaille. Devenue LA cible. Trouver une autre caisse, mais d'abord planquer celle-ci pour que les keufs mettent un moment à réaliser qu'il a changé de monture. Il a dépassé Givors depuis peu ; par les routes secondaires, c'est toujours plus long. Mais tellement plus sûr…

Une bourgade plutôt coquette se présente dans les nimbes gris du petit jour. Endroit idéal pour une halte.

6 h 55

Valise en main, Sonia se dirige vers l'autocar garé au milieu du parking. La porte est ouverte, pourtant le chauffeur n'est pas là. Elle jette un œil alentour : personne. Rendez-vous fixé à 7 h 30, elle est en avance. Un peu anxieuse, comme chaque fois qu'elle emmène ses protégés en excursion, elle monte les marches du Mercedes. Un véhicule flambant neuf, ses mômes vont être ravis ! Elle se retourne, tombe nez à nez avec un homme. Petit cri de frayeur.

— Pardon ! dit-elle en riant. Je ne vous avais pas entendu ! Vous devez être le chauffeur ?

Il se contente d'acquiescer.

— Sonia Lopez, l'éducatrice qui organise cette sortie. Enchantée !

Il saisit la main qu'elle lui tend, la serre un peu trop fort.

— Gilles.

— Ah… ? Votre patron m'avait parlé d'un Bernard quelque chose…

— Bernard a eu un malaise, je le remplace au pied levé.

— Pas trop grave, j'espère ?

— Quoi donc ?

— Le malaise…

— Pas sûr qu'il survive.

La jeune femme reste bouche bée.

— Je plaisante, précise le chauffeur avec un petit sourire.

Un type grand, mince, pour ne pas dire maigre, avec un visage taillé à la serpe. Qui la fixe droit dans les yeux. Ces yeux qu'il a clairs. Et fascinants.

— Comme la porte était ouverte, je me suis permise de monter.

Putain, ce regard… À tomber à la renverse. Fenêtre turquoise ouverte sur un abîme sans fond.

— Les gamins ne vont plus tarder, bavarde-t-elle pour dissimuler sa gêne. Il faut combien de temps pour aller à Villard-de-Lans ? Trois heures, c'est ça ?

— Environ. Combien de passagers ?

— Seize enfants, trois accompagnateurs – deux parents et moi – et le moniteur de sport. Ça fait… Vingt !

— Les enfants, quel âge ?

— Entre six et huit, répond Sonia. Ils sont handicapés sensoriels ou déficients intellectuels légers.

Gilles fronce les sourcils.

— C'est-à-dire ?

— Eh bien, certains sont malvoyants ou malentendants, explique l'éducatrice. D'autres sont trisomiques ou présentent des troubles du langage et de la communication.

Justement, les premiers enfants arrivent, offrant à Sonia une excuse pour redescendre du bus et se soustraire ainsi à l'emprise invisible de cet homme.

75

7 h 43

Un sac de sport sur l'épaule, il avance à vive allure vers l'attroupement autour du petit autocar. Une voiture de gendarmerie passe au ralenti dans la rue adjacente. L'homme jette un œil furtif au gyrophare avant de se fondre dans la foule. Une jeune femme brune, ravissante, lui adresse un sourire empli d'espoir :

— Vous êtes Luc, je suppose ? J'ai cru que vous alliez nous faire faux bond !

Il sourit à son tour, visiblement soulagé, un peu essoufflé.

— Désolé d'être en retard, dit-il. Ma voiture est tombée en panne !

Elle lui tend la main :

— Sonia Lopez, l'éducatrice que vous avez eue au téléphone.

— J'avais reconnu votre voix !

Pas moi, a-t-elle envie de répondre. Elle se tourne vers les parents les plus proches :

— Voici Luc Garnier, le moniteur de sport qui nous accompagne dans le Vercors.

7 h 59

Le car est plein, les portes se ferment. Les enfants adressent de grands signes à leurs parents. Pour certains, c'est la première longue séparation, même si elle ne durera que cinq jours. Sonia parcourt l'allée centrale, vérifiant qu'ils sont confortablement installés et ont bouclé leur ceinture. Rassurée, elle revient près du chauffeur qui manœuvre pour sortir du parking. Sa conduite est brusque, hésitante. Il a déjà calé deux fois.

Pourvu que ça s'arrange, songe-t-elle. *Sinon, mes petits vont être malades ! Il l'a trouvé où, son permis ? Dans une pochette-surprise… ?*

Elle observe à la dérobée le moniteur qui s'est assis au fond, son sac sur les genoux ; sac qu'il fouille avec acharnement. Aurait-il oublié sa brosse à dents… ? Il en extirpe un T-shirt, le détaille comme s'il le voyait pour la première fois. Puis un lecteur MP 3, qu'il se hâte de coller sur ses oreilles.

Le véhicule quitte enfin la ville, empli d'un joyeux brouhaha. Les deux parents volontaires pour encadrer le groupe, un homme et une femme, semblent dépassés par les événements. Finalement, ils s'assoient et commencent à lier connaissance. Inutile de vouloir calmer seize gamins surexcités partant en vacances : c'est perdu d'avance…

8 h 23

De retour à son bureau, le commissaire Yann Dumonthier sirote son énième café, aussi dégueulasse que les précédents. Mais qui allège un peu les paupières.

Maxime Hénot, 36 ans, reconnu coupable de sept meurtres. Non, huit depuis cette nuit. Depuis qu'il a sauvagement assassiné l'infirmier avant de prendre la fuite, en lui plantant un morceau de fer vaguement aiguisé en travers de la gorge.

Neuf, voire dix, si les deux blessés ne survivent pas.

Avant l'évasion de cette nuit, toujours le même mode opératoire ou presque : il assassine des couples, en commençant par la femme qu'il viole devant son mari avant de les éliminer tous les deux. À l'arme blanche, à mains nues ou avec ce qui lui tombe sous la main. Aucun rituel dans le meurtre : ce qu'il veut, c'est ravir la femme de l'autre, la lui prendre sous ses yeux impuissants. Sa femme, et parfois ses gosses, s'ils ont le malheur d'être là. Car Maxime Hénot a déjà tué un enfant. Yann se souvient... Killian, onze ans. Il replonge six ans en arrière, se met à penser à voix haute :

— Il ne tue jamais une proie quand elle est seule, uniquement lorsqu'il y a un ou plusieurs témoins. Ce qui l'excite, c'est la souffrance dans les yeux de l'autre. Oui, c'est ça qui t'excite, salopard...

Dumonthier est naturellement chargé de coordonner les recherches depuis son QG de Marseille. Lui qui a traqué l'individu, a fini par le confondre et passé de longues heures à le pousser aux confidences puis aux aveux. Un visage, une voix jamais oubliés. Et ce regard, parfois candide, parfois indéchiffrable...

Le plan Épervier a été déclenché, police et gendarmerie travaillent *main dans la main*.

8 h 37

Le militaire fait signe à l'autocar d'avancer. Le véhicule double la file de voitures en attente et passe le barrage où une C5 subit une fouille en règle. Les gosses se lèvent pour assister au spectacle, certains adressent des grimaces aux képis ; Sonia est obligée de donner de la voix.

— C'est à cause du fou qui s'est échappé de l'asile hier soir, confie-t-elle au chauffeur.

— Quel fou ? rétorque Gilles sans quitter la route des yeux.

— Vous n'êtes pas au courant ?

— Non.

Luc, le moniteur de sport, replace le casque sur ses oreilles. Imperturbable.

Le car reprend de la vitesse, les mômes recommencent à chanter à tue-tête.

10 h 22

Je savais bien qu'un bus plein de marmots, c'était la meilleure façon de passer les barrages…

À quoi ça ressemble, le Vercors ? À vrai dire, je m'en fous complètement… Je prends le maquis ! Quoi de mieux pour se planquer en attendant que les keufs se calment ? Mais ai-je vraiment envie de me faire oublier ?

Il fait chaud… Et ces mouflets qui braillent de plus en plus fort ! Ça aussi, je m'en balance. Ils rigolent, insouciants… Parce qu'ils ne savent pas qui je suis, ne se doutent même pas que je suis là. Loup dans la bergerie.

Ce qui compte, c'est que je sois sorti de cet enfer. Ou plutôt de cet enfermement.

Enfer, enfermement… Jamais remarqué que ces deux mots étaient si proches !

Non, l'enfer je n'en sortirai jamais. L'enfer c'est moi. Ce sang qui inonde mes veines, cette chair qui harnache mon squelette, cette cervelle qui s'embrouille. Ces pulsions, désirs impérieux, douloureux, qui commandent mes actes.

Ils ont pourtant cherché. À comprendre qui je suis, ou plutôt *ce* que je suis. Ce psychopathe, ce malade mental. Irresponsable, ont-ils affirmé. En êtes-vous sûrs, mesdames et messieurs les psychiatres ?... Facile de les berner, ceux-là ! Ils s'attribuent le pouvoir de pénétrer ton esprit, de farfouiller dedans comme dans les rayons d'un supermarché. Sauf que personne ne peut jamais deviner ce qu'il y a dans la tête de l'autre. Déjà dur de savoir ce qu'il y a dans son propre cerveau... ! Par exemple, que se passe-t-il en ce moment, sous la calotte crânienne de cette petite fille ? Celle avec des lunettes rouges aux verres épais comme des culs de bouteille. Vraiment mignonne. À croquer.

J'ai faim.

Je suis en manque. Avec toutes ces saloperies qu'ils m'ont injectées pendant des années. Et qui, bientôt, ne feront plus effet...

Je ne sais pas ce qui va se passer... Mais chaque chose en son temps. Finalement je suis bien ici, en compagnie de ces gamins agités. Ça me rappelle la colo... Mes parents m'y expédiaient chaque été, tel un colis encombrant, histoire de se débarrasser de moi quelques semaines. Sauf que moi, ça ne me rendait pas joyeux. Une torture. Quitter l'intérieur de mes remparts pour me retrouver livré en pâture à l'ennemi : les autres, qui me raillaient sans cesse. Parce que j'étais différent. Simplement pour ça. Aujourd'hui, ils ne se foutraient plus de moi, ça non ! On se moque des fauves tant qu'ils sont encagés ; on les nargue au travers des grilles. Mais quand les portes s'ouvrent... Sauve qui peut !

Paraît qu'un fauve enfermé trop longtemps ne se souvient plus comment fonctionnent ses griffes.

Pas moi ; six ans que je les affûte contre les barreaux. L'instinct de chasse est toujours là. Flics, juges, psys, blouses blanches, overdoses de neuroleptiques : rien ni personne ne m'a encore abaissé au rang d'animal domestique.

Cher Dumonthier, ils ont dû te tirer de ton pieu cette nuit ! Tu devais roupiller tranquille dans les bras de ta charmante dulcinée et soudain, le téléphone sonne… Mon pauvre Yann, te revoilà à mes trousses ! Je te dois les pires années de ma vie, peut-être bien que je te les ferai payer… Même si je t'estime. Parce que je t'estime.

Viens donc me chercher au milieu de ces *adorables* bambins ! Je t'attends, je suis prêt.

Qu'est-ce que tu en penses, toi, jolie éducatrice… ? Tu es vraiment appétissante, en as-tu conscience ? Bien sûr que oui. Tu t'en amuses.

Toi, je sais déjà ce que je vais te faire subir…

C'est ça, approche ma belle ! Encore plus près. Viens me faire respirer ton parfum subtil, ta longue chevelure, ta peau déjà hâlée… Six ans que j'ai pas touché une femme. D'avance, toutes mes excuses si je manque un peu de délicatesse.

— On est bientôt arrivés ! lance Sonia. Il paraît que le coin est magnifique, je pense que nous allons passer cinq jours vraiment sympas !

— Je n'en doute pas. Ce sera inoubliable.

12 h 05

Parfait, un gîte paumé en pleine cambrousse ! Tenu par des bobos. Du style à avoir troqué le métro contre un tracteur et adopté un troupeau entier de chèvres. Patrick et Mireille, couple idéal… Je me taperais bien sa femme devant lui, même si elle n'est pas vraiment mon genre.

Mais chaque chose en son temps… Pour l'instant, je reprends du poil de la bête ! Ma peau se réhabitue au soleil qui cogne un peu fort. Heureusement, il y a ce petit air frais qui dégringole des sommets. Sonia avait raison, l'endroit est magnifique, un vrai paradis !

Les gamins pique-niquent dans le pré derrière la grande bâtisse. Et moi, je les regarde. Marrant, cette sensation. Je l'avais presque oubliée, depuis six ans. Six ans cloîtré dans une chambre pourrie, parfois sanglé à un lit. Avec cette odeur de désinfectant qui te colle à la peau, tel un tatouage ; ces cris de terreur ou d'hystérie, ces murmures désespérés… Et là, allongé dans les herbes folles, parmi ces senteurs du dehors et ces cris de joie… c'est moi !

Oui, drôle de sensation d'être un tigre au milieu des agneaux. De les laisser m'approcher en planquant mes crocs.

— Vous ne mangez pas ? s'inquiète Sonia.

J'adore ton sourire. Il me rappelle celui de la mère que j'aurais voulu avoir. Et visiblement, tu aimes aussi ma compagnie, sinon pourquoi venir te coller à moi ? Pour m'allumer, sans doute.

Si tu savais… !

— Je suis mort de faim, à vrai dire ! Je profitais juste de ce magnifique ciel bleu…

— Aussi bleu que vos yeux !

13 h 12

Sonia termine d'installer ses affaires dans sa chambre située entre le dortoir des filles et celui des garçons.

Seulement de fines cloisons et une porte pour la séparer de ses ouailles. Elle écoute d'une oreille les garçons qui ont entamé une bataille de polochons et de l'autre, les filles s'extasiant devant le ballet des hirondelles qui nichent dans la grange d'en face. Elle est heureuse de pouvoir leur offrir ces quelques jours d'évasion, eux qui sont parfois emmurés dans leur handicap.

Températures clémentes, gîte confortable, paysages de montagne enchanteurs. Seul bémol : les deux accompagnateurs n'ont pas l'air très dégourdis ; lui, prof de maths un peu coincé. Elle, femme au foyer, mère poule dans toute sa splendeur. Martin et Martine, ça ne s'invente pas ! Sonia espère tout de même qu'ils se montreront à la hauteur pour la décharger un peu ; qu'ils sont venus jusqu'ici partager une belle aventure, pas seulement pour rester collés à leur progéniture. Par chance, Martin est le père d'une petite Jessica, et Martine a un fils, Cédric. Ils ne pourront donc pas dormir dans le même dortoir que leur enfant, déjà ça ! Jessica, trisomique, est une gamine espiègle, pleine de ressources. Cédric, lui, souffre du syndrome de l'X fragile : hyperactivité, problèmes d'attention, léger retard intellectuel… plus difficile à gérer. Ces deux-là n'ont qu'une envie : passer cinq jours avec leurs copains, sortir un peu du giron familial. Et leur éducatrice veillera à ce que leur vœu soit exaucé.

Oui, ce séjour se présente sous les meilleurs auspices. Avec, en prime, deux mecs charmants, le chauffeur et le moniteur. Presque les mêmes yeux, d'un bleu profond, mais pas du tout le même regard. Luc est moins grand que Gilles, avec un visage plus rond, plus doux. Cheveux courts et châtains, tous les deux. Ils ne se ressemblent pas, lui plaisent pourtant l'un et l'autre. Elle a soudain envie de pimenter son séjour… Histoire de vérifier que son charme fonctionne encore à l'approche de la quarantaine. Lequel sera l'instrument de son petit jeu ? Luc, qui la cajole du regard ? Ou Gilles, cynique et froid, mais sans doute écorché vif sous sa carapace ?

Au fond, je me sens seule, même si j'ai seize gamins.

13 h 35

— Tu viens déjeuner ? propose Fischer. On réfléchit mieux le ventre plein !

— On a autre chose à foutre, rappelle Dumonthier. Visiblement, ce salaud a réussi à passer entre les mailles du filet. Pourtant, on a bloqué toutes les routes…

— Non, pas toutes, tu sais bien que c'est impossible. Et puis, peut-être qu'il se terre quelque part, comme un animal.

— Si on ne le retrouve pas avant ce soir, on va le suivre à la trace, c'est moi qui te le dis !

L'empreinte sanglante… la suivre… Je n'ai même pas pris le temps d'appeler Natacha…

— Il va éviter de massacrer tout ce qui bouge s'il veut rester discret, affirme son adjoint.

— Il vient de passer six piges enfermé, tu crois qu'il a envie d'être *discret* ? Mordre dans la chair fraîche, voilà ce qu'il veut ! Il ne va pas tarder à repasser à l'acte, j'en suis sûr.

— Quitte à retourner à l'asile ?

— Quitte à mourir, tranche Dumonthier. D'ailleurs, je me demande si… Il sait qu'il va avoir toute la police de France au cul, qu'il ne restera pas longtemps dehors. Alors, cette évasion, c'est peut-être le moyen d'en finir, de tirer sa révérence en beauté ?

Fischer hausse les épaules.

— Tu cherches des raisons de s'évader à ce fou ? Il a eu une pulsion, il…

— Non, Fischer. Il est peut-être fou, mais il est loin d'être con. Il est même d'une intelligence rare. C'est bien ça qui me fait peur.

16 h 42

J'en ai repéré deux.

La petite avec les lunettes rouges et le blondinet. Magali et Matthis. Elle, myope comme une taupe, lui sourd comme un pot. Ils devraient songer à faire des petits ensemble, plus tard ! Le résultat serait intéressant.

Deux timides, incapables de s'intégrer au groupe. Les pauvres, ils ont l'air perdus au milieu des autres ! Quoi de plus terrible ?… Ils ont peur. Pas de moi, pas encore… Peur d'exister, peur des humains. *En dehors de leurs remparts, livrés en pâture aux ennemis.* Peut-être bien que je leur rendrais service, si…

Moi aussi, mes chers petits, je n'étais rien aux yeux des autres. On ne me regardait pas, on ne m'écoutait pas. Je n'existais pas. Jusqu'à ce que je croise cette fille, sublime, si fière au bras de son apollon. Qui m'a écrasé de tout son mépris, comme un insecte répugnant sous sa semelle. Jusqu'à ce que je m'empare d'elle devant son mec. Là, je me suis senti en vie.

Depuis, j'existe aux yeux des autres. Je suis enfin quelque chose à défaut d'être quelqu'un.

Je suis la peur.

Mais, pauvres enfants, rien ne dit que vous aurez cette chance. D'abord, parce que je suis près de vous.

Et même si vous survivez à notre rencontre, aurez-vous la force de vous révéler ?

Tiens, la charmante Sonia tente de les ramener au sein du troupeau, tel un bon chien de berger. Pardon, une bonne chienne ! Au lieu de leur foutre la paix, de les laisser en tête à tête avec leur désespoir et leurs questions.

Montre-toi charitable, *ma sœur* : aide-les à se jeter dans le vide, abrège leurs souffrances.

18 h 52

Sous la douche brûlante, Sonia se délasse. Bilan de cette première journée ? Plutôt réussie, les gamins ont eu l'air de s'amuser. Elle pense au moniteur de sport. Qui n'a pas brillé par son professionnalisme cet après-midi. Pourtant, au téléphone, il lui semblait motivé et prétendait avoir déjà bossé avec des enfants handicapés. Ce soir, elle commence à en douter. Aujourd'hui, ils avaient prévu de simples jeux éducatifs et sportifs, mais Luc n'a pas su s'adapter à son public particulier, s'enlisant dans des explications trop longues, trop compliquées… et manquant cruellement d'imagination !

Toutefois, Sonia attend le lendemain pour peaufiner son jugement. Demain, initiation au canoë, sur l'étang proche du gîte, suivie d'une chasse au trésor.

Peut-être que c'est moi qui le déconcentre ! se flatte-t-elle en fermant le robinet.

Ce type est d'une gentillesse désarmante. Et tellement craquant… Avec son regard parfois empreint d'une incroyable douceur enfantine. Comment lui en vouloir ?

19 h 30

L'heure du dîner, dans la grande salle du gîte. Sonia est assise entre Luc et Gilles qui les a accompagnés partout, ne voulant pas rester seul… Ou voulant rester près d'elle ! Il se montre curieusement proche des gamins, ce n'est pas Sonia qui va s'en plaindre ; toute aide est la bienvenue, les deux parents supposés la seconder étant rapidement débordés.

Entre ces deux hommes, elle se sent bien. Désirée. Même si Gilles se garde bien de le montrer. Elle sait pourtant qu'elle lui plaît : son instinct la trompe rarement.

21 h 00

Les enfants sont pour la plupart endormis. Sonia a abandonné Martin dans le dortoir des garçons, Martine dans celui des filles. Elle descend les marches en pierre, s'assoit sur la dernière pour allumer une clope. Calme inhabituel, senteurs aguicheuses, jolie solitude…

— Je ne savais pas que tu fumais !

Sonia sursaute, Gilles surgit de l'obscurité. La lueur rachitique qui émane de la bâtisse suffit pourtant à faire étinceler ses yeux sertis de saphir.

— T'en aurais une pour moi ?

Elle est troublée. Par ce regard, cette voix. Ce tutoiement.

— Bien sûr, sers-toi, répond-elle en lui tendant le paquet.

Il se pose près d'elle, leurs épaules se touchent.

— Ça fait longtemps que tu fais ce métier ?

— Une dizaine d'années. Je travaille dans ce centre depuis deux ans. Avant je m'occupais d'enfants plus lourdement handicapés…

— Ça doit être épuisant !

— Ça l'est, confirme Sonia. Mais c'est surtout passionnant.

Des pas derrière eux ; Luc non plus, ne dort pas. Sonia lui propose une cigarette.

— Non, merci.

— Ouais, un moniteur de sport, ça ne fume pas ! rigole-t-elle.

Gilles se lève brusquement.

— Bonne nuit.

Il disparaît dans la grande maison sans ajouter un mot.

— Je vous ai dérangés ? demande Luc en volant sa place à côté de Sonia.

— Non, qu'est-ce que tu vas t'imaginer !

— Je sais pas, notre *gai luron* de chauffeur n'a pas eu l'air d'apprécier ma présence !

— Il avait peut-être sommeil, élude Sonia en écrasant son mégot.

— Et toi, tu as sommeil ?

— Pas vraiment, avoue la jeune femme.

— Que dirais-tu d'une petite balade nocturne ?

23 h 30 – Dortoir des filles

Une ombre s'immisce à l'intérieur de la pièce. La lune pleine est son alliée ; sa lumière crayeuse pare les visages d'une élégance diaphane. *La nuit, tout est plus beau... La laideur intrinsèque du monde, la pourriture qu'exhalent ses entrailles, tout cela est mis entre parenthèses le temps d'un songe. Il n'y a que la solitude et les angoisses pour être alors exacerbées. Plus de bruits parasites, de mots inutiles, d'occupations futiles ou de déguisements dérisoires : face au noir, au silence, tout devient évident. Et intolérable. La nuit nous prépare à la mort, à doses homéopathiques ; un granule tous les soirs.*

Il s'attarde auprès de chaque fillette endormie, borde celles qui se sont découvertes, effleure parfois leur peau douce et vierge.

À quelques mètres de là, Sonia dort profondément. Il s'agenouille près d'elle. Au lieu de remonter le drap, il le descend avec une délicatesse extrême, une lenteur exquise. Juste ce qu'il faut pour ne pas la réveiller. Sa main suit chacune de ses courbes ; il la touche avec les yeux, seulement avec les yeux. Un courant électrique remonte de la pulpe de ses doigts vers son cerveau. Nerfs en fusion jusqu'à l'étincelle. Dans sa tête, ses tripes, entre ses cuisses. Douleur atroce, d'abord. Qui se replie momentanément, attendant sagement son heure.

Je m'étais pourtant juré de ne plus jamais...

Il voudrait s'éloigner, n'y parvient pas, irrésistiblement attiré. Il la devine, au milieu d'une cascade d'images anciennes. Sensations divines, réminiscences envoûtantes. Des cris, des pleurs, des supplices. Un orgasme. Il ferme les yeux et fait demi-tour.

Pas toi, pas cette nuit... Toi, je te garde pour la fin.

23 h 52 – Dortoir des garçons

Martin ronfle paisiblement à l'entrée de la chambre. L'ombre glisse à côté de lui, sans un bruit. *Bon chien de garde assoupi… Il faudra que je t'oblige à résoudre une équation avec un flingue sur la tempe. Les divertissements sont si rares, ici.*

Il se faufile entre les lits. La faible lumière lui permet de discerner des visages captifs d'hallucinations nocturnes. Certains gamins serrent une peluche dans leurs bras, comme s'ils redoutaient de sombrer dans des sables mouvants.

Le sommeil, ainsi que la mort, on ne peut pourtant qu'y plonger seul.

Il s'arrête près de Matthis. Sur le carrelage, s'est échoué son doudou adoré, qu'il planquera dans son sac une fois le jour revenu. Ours, lapin, martien… ? L'ombre s'en saisit puis se penche sur l'enfant. Il caresse sa joue, son cou… Le gosse ouvre les yeux, une main se plaque sur sa bouche avant même le cri qui s'étouffe dans la gorge.

— Chut… C'est rien, petit. Juste un cauchemar… Ton pire cauchemar.

23 h 59

Dumonthier est planté devant la fenêtre de son bureau. Mais il ne voit rien. Rien d'autre que le visage du gibier. Sur les panneaux publicitaires racoleurs, les façades d'immeubles… Gibier pour lui, chasseur pour les autres. Maxime Hénot, redevenu une obsession. Et qui doit le rester jusqu'à ce qu'il retourne à sa place : derrière les barreaux.

Épuisé, Yann refuse pourtant de s'accorder une nuit de sommeil. Tout au plus une heure ou deux sur le sofa qui tombe en ruine dans la salle de repos.

Il pressent qu'il va échouer, qu'il est déjà trop tard.

Mercredi, 7 h 12

— Matthis ?

Sonia articule chaque mot afin qu'il puisse lire sur ses lèvres :

— Pourquoi tu pleures, mon bonhomme ?

Il refuse de répondre, elle suppose que ses parents lui manquent. Elle caresse ses cheveux ébouriffés, l'embrasse sur la joue.

— Ça va aller, mon poussin…

Puis, en langage des signes, elle lui dessine le programme qui les attend, lui promettant une inoubliable journée. À l'entrée du dortoir, Luc observe la scène en souriant tendrement.

7 h 20

Je n'ai pas dormi. Sans somnifères, je refuse de mourir un peu. Et ça fait déjà des semaines que j'ai réduit les doses au nez et à la barbe de mes matons, histoire d'avoir la force nécessaire le jour venu.

À 5 heures du mat, j'étais dehors, à regarder s'enfuir les étoiles. Avec Éléonore contre moi. Comme ça que j'ai baptisé la peluche de Matthis. Ni ours, ni lapin : une

91

marmotte. Pas commun, comme doudou ! Éléonore, c'est le nom d'une infirmière de l'UMD, une de celles que j'aimais bien… Enfin, que j'aurais aimé *cajoler*, pour être plus précis.

Ensuite, main dans la patte, nous avons regagné l'alcôve qui me sert de chambre. Au même étage que celle de Sonia… Éléonore, elle a deux dents en feutrine, un bonnet rouge et ridicule cousu sur le crâne. Maintenant, elle est trépanée, a le ventre ouvert et les yeux arrachés. C'est Matthis qui va être content.

8 h 20

Longtemps que je n'avais pas pris un petit déj aussi copieux ! Mais quelle marmaille bruyante… On devrait enseigner les vertus du silence à l'école, au lieu de leur apprendre à beugler *La Marseillaise* ! Si je pouvais les réduire tous en cendres, d'un seul geste… Non, je dois prendre soin de mes boucliers humains. Chaque chose en son temps.

Comment ça va, Dumonthier ? T'as pu pioncer, cette nuit ? Ça m'étonnerait ! Je t'imagine, mal rasé, chemise froissée, distribuant les ordres à tes sous-fifres-souffre-douleur. Je ressens même ton angoisse… Jouissif !

Magali m'a adressé un sourire timide en entrant dans le réfectoire. Donc, elle m'a reconnu, même si elle n'y voit pas grand-chose. Extraordinaire, la capacité d'adaptation de ces gosses. Quand je lui ai dit qu'elle était très jolie, elle a rougi. Puis elle est venue s'attabler près de moi… Sans que je comprenne pourquoi, ça m'a fait plaisir.

Matthis, lui, fixe son bol de chocolat comme un trou noir. Il n'a rien dit, pour cette nuit. Je savais qu'il se

tairait… T'inquiète, petit, tu vas la retrouver Éléonore !
Elle aura juste un peu changé, c'est tout. Il te faut
apprendre combien le monde est cruel… Mais peut-être
que toi, jeune infortuné, tu le sais déjà ?

Oh ! Sonia est resplendissante… Longue tresse qui
frôle le bas de ses reins, short qui dévoile ses jambes
galbées et bronzées ; débardeur pour mettre en valeur
ses épaules sensuelles… Vas-y, chérie, allume-moi.
Amuse-toi, je suis à ta disposition. Sauf que les règles
du jeu, c'est moi qui vais les dicter. Bientôt… Chaque
chose en son temps.

8 h 40

Magali brosse ses cheveux longs avec application.
Réfugiée dans la salle de bains des adultes, elle prend
son temps. De toute façon, le car ne partira pas sans elle.
Papa m'a jamais dit que j'étais jolie. Elle attache
ses cheveux, s'approche en souriant du miroir où elle
ne distingue qu'une tache claire et informe. Son visage.
Qu'elle n'a jamais vu. Qu'elle ne verra jamais. Mais
maintenant, elle sait.
Il a dit que j'étais très jolie.

9 h 30

Un filet de brume s'éternise au-dessus de l'eau, nappe
aveuglante où se concentre l'ardeur matinale du soleil.
Grappes d'insectes voltigeant dans cette lumière subtile
et forte, cris d'oiseaux qui montent de la roselière et
trouvent écho dans l'alignement de saules.

Luc et Sonia vérifient si chaque enfant a correctement enfilé son gilet de sauvetage. Les voilà parés pour traverser le magnifique étang en canoë canadien. Les embarcations se remplissent avec, à leur bord, quatre gamins et un adulte. Martine affiche une mine qui semble vouloir dire, *que suis-je venue faire dans cette galère ?*

Gilles, au bout du ponton, les regarde s'éloigner en fumant une cigarette.

9 h 55

Dans le canoë dirigé par Martin, qui pagaye comme s'il préparait les prochaines Olympiades, Cédric s'agite. Le gilet de sauvetage lui pince férocement la peau. Il ne supporte déjà plus cette prison gonflable. D'un geste malhabile, il desserre la sangle. Amaury, son inséparable copain, lui file un coup de main sous le regard réprobateur de leurs deux petites camarades de croisière, sages comme des images…

10 h 02

Amaury et Cédric s'excitent. Martin élève la voix, en vain. Amaury se penche pour prendre de l'eau dans sa main et asperger son copain. Les filles poussent des cris aigus, comme si la flotte était brûlante.

— Ça suffit ! s'égosille le prof. Arrêtez, c'est dangereux !

Les garçons rient de plus belle. Cédric se penche à son tour, Amaury le bouscule un peu fort… Le gilet reste à la surface, Cédric coule à pic. Il remonte aussitôt, juste le temps de hurler, avant de boire à nouveau la tasse. Les trois enfants se mettent debout, Martin aussi. L'embarcation chavire.

Cédric est en train de se noyer, Martin fait la planche. Il vient de recevoir les cinquante kilos du canoë sur le crâne, navigue désormais dans les vapes.

Sonia et Luc, qui ont suivi la scène de loin, accélèrent la cadence pour rejoindre les naufragés. Mais ils n'ont pas vu que Cédric n'a plus son gilet, pensent qu'il s'agit juste d'un bain forcé.

Paniquée, Martine s'emmêle les pagaies, son kayak tourne en rond.

Gilles, lui, a déjà plongé.

10 h 23

— Je me gèle ! avoue Gilles en essayant de réprimer ses claquements de dents.

— J'ai demandé une couverture, dit Sonia en posant une main sur son épaule.

— Merci.

— C'est moi qui te remercie… Tu as sauvé la vie de cet enfant. Sans toi, il se noyait.

— J'ai fait ce que je devais faire, rien de plus. Et notre expert en algèbre ?

— Ça va mieux… Il récupère de sa frayeur.

— La prochaine fois, fais-leur découvrir le ping-pong !

— On peut se blesser en jouant au ping-pong…

— Vraiment ? s'étonne le chauffeur. À part en avalant la raquette, je vois pas comment.

Sonia éclate de rire et lui offre une cigarette. Évacuer le stress.

— Va t'occuper des gamins, ordonne Gilles. Sinon, je vais avoir mauvaise conscience.

— Luc est avec eux. Martine a conduit Cédric chez le médecin le plus proche… Histoire de vérifier que tout va bien.

13 h 12

Yann rentre enfin chez lui. Dans l'entrée, une valise.

Natacha est en train de manger un morceau. Il l'embrasse sur le front.

— Tiens, tu te souviens que tu habites ici ? balance-t-elle avec un sourire acerbe.

— Arrête chérie, je t'en prie. Si tu crois que ça m'amuse…

— Tu aurais pu au moins m'appeler.

— Pardonne-moi… Tu vas où ?

— Rejoindre mon amant ! rétorque Natacha le plus naturellement du monde.

Dumonthier se contente de sourire tout en se préparant un jambon-beurre.

— Je vais à Paris, j'ai une émission de télé demain soir.

— Je m'arrangerai pour regarder, affirme le commissaire.

— Je pense que tu auras d'autres chats à fouetter. De toute façon, je fais ça pour vendre des bouquins, pas pour plaire à mon flic de mari. Quoique… J'aurais peut-être besoin de le reconquérir.

Elle claque la porte, un peu trop fort.

14 h 02

Encore un déjeuner sur l'herbe, au bord de l'eau. Avec observation de la multitude d'oiseaux nichant dans ce microcosme paradisiaque. Et dont Gilles a parlé avec passion.

— Je ne savais pas que tu étais ornithologue ! sourit Sonia.

— Je suis juste chauffeur de bus.

— Chauffeur de bus, sauveteur et ornithologue : quel magnifique CV !

— Un type bourré de qualités, en somme ! enchaîne Luc d'un ton qui se voudrait sincère.

Luc, qui fait grise mine. Il faut dire qu'ils ont frôlé la catastrophe et qu'il est responsable de la sécurité de toute activité sportive.

— On ne pouvait pas prévoir que Cédric détacherait son gilet, dit Sonia. Tu n'as rien à te reprocher, je t'assure. Et puis, tout est bien qui finit bien.

— Pas grâce à moi, répond le moniteur, le regard étrangement trouble.

14 h 16

Yann sort de la salle de bains en peignoir. Natacha bouquine, étendue sur le lit.

— Ça a l'air passionnant ce que tu lis, dit-il en s'asseyant près d'elle.

— Normal, c'est pas moi qui l'ai écrit !

Il sourit, l'embrasse dans la nuque.

— Désolé de ne pas avoir appelé. Je suis terrorisé de savoir ce type en liberté et…

— Ça va, n'en parlons plus.

Elle délaisse enfin son roman pour s'intéresser à lui. Ils reprennent là où ils s'étaient arrêtés deux nuits avant.

Trois minutes plus tard, le téléphone sonne.

— Putain, c'est un cauchemar ! murmure Natacha.

Yann met quelques secondes à se lever ; il décroche juste à temps.

— Oui, Fischer ?

— On a un mec assassiné à Mornant.

— C'est où, ça ?

— Vingt kilomètres au sud de Lyon. On l'a retrouvé dans le coffre de la Golf blanche… Je passe te chercher ?

— Je t'attends.

— Décidément, soupire Natacha, ton Maxime Hénot, c'est le meilleur moyen de contraception que je connaisse… Tu pourras le lui dire, quand tu le choperas.

15 h 11

Après-midi chasse au trésor. Quatre groupes d'enfants partant se perdre dans les bois à la recherche d'indices qui les conduiront à une cargaison de bonbons.

Cédric va bien, mais Martine l'a consigné au gîte où elle reste près de lui, veillant à ce qu'il se repose.

Luc part en premier, avec ses mômes. Quelques instants plus tard, Gilles, qui s'est proposé pour remplacer Martine, entraîne son groupe surexcité dans la direction opposée. Sonia est rassurée de savoir les enfants entre de si bonnes mains.

17 h 07

— Le type dans le coffre n'a plus ni vêtements, ni papiers, monsieur le directeur. On suppose donc que Hénot a usurpé son identité et volé sa voiture. D'après le légiste, le décès remonte à hier matin.

— Il faut trouver le nom de ce cadavre, Dumonthier ! en déduit astucieusement le patron.

— C'est ce que nous nous employons à faire… Il faudrait surtout savoir dans quel véhicule il se déplaçait. Nous montrons sa photo à un maximum de riverains, mais comme le temps presse, j'aimerais la diffuser aux infos régionales ce soir.

— Excellente idée, Dumonthier. La photo d'un macchabée à la télé, pile à l'heure du dîner, voilà qui va nous rendre populaires !

— Arrêter Maxime Hénot, voilà ce qui nous rendra *populaires*, monsieur. Surtout s'il commet un meurtre par jour. Le visage de l'inconnu n'est pas trop abîmé, on dirait qu'il dort. Vous pouvez essayer de faire retoucher le cliché pour qu'il ait l'air vivant.

— OK, je vais voir ce que je peux faire.

— C'est notre seule piste pour l'instant, monsieur. Pensez-y.

18 h 12

C'est mes gamins qui ont déniché le trésor ! Mais Sonia a tenu à ce qu'ils partagent avec les autres, histoire de leur apprendre la générosité… Magali a marché près de moi tout l'après-midi. Quasiment aveugle, elle ne s'est pourtant pris aucune gamelle ! À travers ses loupes, elle me regarde parfois comme on ne m'a jamais regardé. On dirait qu'elle sait qui je suis, sans que cela l'effraie. Elle m'a même tenu la main... c'est la première fois que je sers de canne blanche !

Heureusement que l'autre morveux ne s'est pas noyé ce matin, sinon les keufs auraient débarqué ! Encore un peu tôt, chaque chose en son temps...

Les mômes prennent leur douche, nuée de moineaux qui piaillent ! Sonia, au lieu d'être avec eux, papote avec l'autre dans le jardin. Juste sous ma fenêtre. Il lui fait les yeux doux, elle roucoule. Il pose une main sur son bras, s'arrange pour la toucher.

Et elle se laisse faire, cette garce.

18 h 40

Elle l'attendait au retour de la chasse au trésor, posée sur son oreiller. Bandage autour du crâne, ventre agrafé, trous à la place des yeux... Matthis a enterré la marmotte dans son sac puis s'est isolé aux toilettes pour pleurer. *Pourquoi il a fait ça ?*... Dans l'obscurité, il n'a pas reconnu le ravisseur. Mais la peur, il s'en souvient encore.

En quittant son refuge, il aperçoit Gilles, a brusquement envie de lui demander de l'aide. Ce champion, ce héros... Qui trouverait le coupable, à coup sûr. Mais Matthis n'ose pas aller vers lui. Matthis n'ose jamais rien, de toute façon.

19 h 15

Sonia sort de la douche, serviette sur l'épaule. Dans le couloir, Gilles attend son tour.

— Tu as déjà pris ton bain ce matin ! lance-t-elle avec un sourire espiègle.

— Très drôle, rétorque le chauffeur.

Sans autre préambule, elle se hisse sur la pointe des pieds pour déposer un baiser sur sa joue.

— Merci encore, dit-elle. Tu as été admirable.

21 h 00

J'ai de la chance. Le destin me sourit. Tandis que les mouflets sont en train de se brosser les dents sous l'œil attentif de leur bandante éducatrice, nos hôtes reçoivent une visite. Un ami qui passe boire un digestif. Cet ami porte un uniforme. Et, plus intéressant, un flingue.

22 h 05

Jamais il se tire, ce con de gendarme ? J'ai pris soin de rester hors de son champ visuel, des fois que ça fasse tilt dans son cerveau. Certes, on ne s'attend pas à croiser un tueur en série et, neuf fois sur dix, personne te reconnaît. La preuve : bientôt deux jours qu'ils voient tous ma tronche à la une et ils ne se sont pas rendu compte qu'ils bouffaient à la même table que l'ennemi public numéro un ! J'aime beaucoup m'attribuer ce titre…

Ils ne vont plus tarder à renifler ma trace. Pourtant Dumonthier, ce n'est pas toi qui viendras me cueillir. Je te convoquerai au moment opportun !

Mais chaque chose en son temps.

Pour l'heure, je poireaute toujours derrière la grange à côté de laquelle le gendarme a garé sa Clio.

Ah, enfin ! C'est ça, fais un dernier signe de la main à tes amis et viens un peu par ici... Il ne trouve plus sa clef, moi je serre la mienne dans la main droite. Une clef anglaise, bien sûr.

22 h 22

Mission accomplie. Le gendarme repose dans le coffre de sa voiture, à deux cents mètres du gîte. Dans mon blouson, son Beretta garni de dix balles plus un chargeur. Muni de mon précieux butin, je retourne au gîte, souriant comme un abruti. Et là... Sur la terrasse, dans la pénombre... Un couteau s'enfonce entre mes omoplates. Sonia est encore avec l'autre. Il est près d'elle, bien trop près. Il va l'embrasser. Je suis sûr qu'il va... Salope ! Comment oses-tu me faire ça ? Ça ne changera rien à mes plans, mais je vais particulièrement te soigner !

— Bonsoir, les amoureux ! J'ai des capotes, si vous voulez !

Ils s'indignent avant de rire, tels deux adolescents pris sur le fait. Je passe mon chemin, la main sur mon flingue. Envie de buter l'autre enfoiré, mais je me retiens. C'est ça, rigole, chérie. Bientôt, je te ferai pleurer, crier, supplier.

Je sais que l'autre ne t'aura pas ce soir. Moi, si. Il restera sur sa faim. Pas moi.

Pourtant, je te croyais différente. Quand je te regarde, j'ai de drôles de spasmes au ventre, le cœur qui s'emballe et de la confiture à la place des muscles. Sensations inédites…

Maintenant, à cause de toi, j'ai mal. Et je ne connais qu'un seul remède.

Jeudi, 1 h 10

— Réveille-toi, ma douce…

Sonia ouvre les yeux, enfin. La lumière d'une lampe de chevet lui permet d'identifier son visiteur nocturne après un instant d'errance. Assis sur le lit, juste à côté d'elle.

— Gilles… ? Qu'est-ce qui se passe ?

Elle croit d'abord qu'un des gosses est malade. Mais elle devine très vite qu'il est venu la rejoindre en catimini. Il n'y a qu'à voir le désir qui explose dans ses yeux… Un léger malaise l'envahit ; pourtant, elle en avait envie. Elle l'attire contre elle, l'embrasse. Il se laisse faire, mais reste de marbre. Sonia est désemparée ; il débarque dans sa chambre en pleine nuit et ne se montre pas entreprenant ? C'est alors qu'elle distingue le pistolet dans sa main droite. Elle se tétanise, tandis que le canon de l'arme grimpe lentement jusqu'à sa gorge, brûlant au passage chaque parcelle de sa peau.

— Gilles… Mais…

Il pose un doigt sur ses lèvres et murmure :

— Chut… Surtout, ne crie pas, chérie. Tu ne voudrais pas que je massacre les gamins ? Alors tu vas être bien sage, d'accord ?

D'un signe de tête, elle acquiesce.

— J'ai du nouveau, annonce Fischer en entrant dans le bureau. Et c'est pas bon du tout…

Dumonthier lève sur lui un regard épuisé.

— Notre macchabée a été formellement identifié : Bernard Lévêque, 42 ans, chauffeur de bus. Mardi matin, il a quitté Lyon pour se rendre à Mornant où un groupe de gamins l'attendait pour partir dans le Vercors.

— Tu veux dire que Hénot circule à bord d'un bus ? s'écrie Yann.

— Je veux dire qu'il a embarqué les gosses à la place de Lévêque. Et qu'il est avec eux, dans le Vercors.

— Nom de Dieu…

— Ils sont dans un gîte près de Villard-de-Lans et…

La sonnerie du téléphone l'interrompt, Dumonthier décroche : Mercier, un de ses lieutenants.

— Patron, un homme prétend détenir des infos capitales sur Hénot mais ne veut s'adresser qu'à vous…

— Passe-le-moi.

Yann met le haut-parleur, invite Fischer à s'asseoir.

— Commissaire Dumonthier, je vous écoute.

— Salut, Yann. Comment ça va, depuis qu'on ne s'est pas vus ? Six ans, pour être exact…

Le commissaire devient livide, Fischer garde la bouche ouverte.

— Tu ne m'as pas encore retrouvé, tu me déçois, mon ami ! Ah, c'est moche de vieillir, on s'empâte, on n'a plus les mêmes réflexes… Non, vraiment, il faudrait mourir jeune ! C'est justement ce que je me disais en voyant les seize charmants gamins autour de moi… Tu es toujours là, Yann ?

— Je t'écoute, Hénot.

— Au fait, t'es devenu commissaire… Félicitations ! M'avoir serré, ça t'a permis de prendre du galon, on dirait. Tu aurais pu me remercier quand même ! En m'envoyant des oranges, ou…

— Qu'est-ce que tu veux ? coupe Dumonthier.

— Tellement de choses ! soupire Maxime. L'interdiction des OGM, l'abolition de la vivisection, une monnaie frappée à mon effigie… Ah, j'oubliais : j'aimerais aussi qu'on ressuscite mes victimes… pour avoir le plaisir de les tuer une seconde fois !

Il éclate de rire, le commissaire ferme les yeux. Une coulée de glace soude sa colonne, de la nuque jusqu'aux reins.

— Tu veux savoir où je suis, Yann ? reprend le tueur.

— Je le sais, Maxime.

— Vraiment ? Tu es moins ramolli que je le pensais, alors… Parfait, ça m'évitera de perdre mon temps en explications compliquées !

Brusquement, sa voix change, devenant froide et coupante :

— Dans ce cas, amène-toi et vite. Je m'ennuie, je deviens barge. Et tu sais de quoi je suis capable quand je pète un plomb, hein Yann ? Au fait : à deux cents mètres du gîte, derrière un bosquet, tu trouveras un cadeau de bienvenue, dans une Clio.

Les mâchoires de Dumonthier se crispent. *L'empreinte sanglante d'un tueur…*

— Quel cadeau ?

— Surprise !… À tout à l'heure, Yann. Et sois prudent sur la route.

2 h 32

Dans la grande salle à manger, silence total. Maxime pose le portable de Sonia sur la table où il s'est assis. Depuis son piédestal, il couve du regard ses brebis rassemblées pour la veillée. Joli troupeau en route pour l'abattoir.

Les seize enfants, Sonia, Luc, Martin et Martine. Sans oublier les deux propriétaires. Vingt-deux otages de premier choix à sa disposition. Vingt-deux jouets à manipuler comme bon lui semble.

La fatigue, la stupeur mais surtout l'horreur, se lisent sur chaque visage adulte. Les enfants, eux, n'ont pas vraiment conscience de ce qui arrive. Ils croient à un jeu nocturne, sorte de chasse au dahu improvisée. Encore à moitié endormis, ils sont pour le moment très calmes.

— Qui êtes-vous ? murmure soudain Sonia.

Maxime s'approche de l'éducatrice, bergère assise au milieu de ses agneaux.

— T'as pas deviné, *chérie* ?

— C'est Maxime Hénot, révèle Luc avec hargne.

— Gagné, gros malin !

Il est tout près de Sonia, maintenant. S'accroupit face à elle :

— Tu sais, *le fou qui s'est échappé de l'asile* ! précise-t-il avec un sourire démoniaque.

— Seigneur ! gémit Martine en étouffant Cédric dans ses bras.

— Toi, ta gueule ! hurle Maxime.

Tout le monde sursaute, une gamine pousse un cri strident.

106

— La police va arriver, vous avez le privilège d'être mes otages. Mon assurance-vie !

— Laissez au moins partir les enfants ! conjure Sonia.

Maxime effleure sa joue avec le canon du Beretta.

— Tu me tutoyais, jusqu'à présent. Tu m'as même roulé une pelle ! Si je t'avais laissée faire, jusqu'où serais-tu allée ? Alors que hier, tu te faisais peloter par l'autre con… Tu n'as pas honte ? Mais ça, tu me le paieras, je te le promets.

— Fais ce que tu veux avec moi ! rétorque bravement Sonia. Mais libère les enfants !

— Tu es une mauvaise mère, chérie ! Tu ne voudrais tout de même pas que je jette ces pauvres bambins dehors, au milieu de la nuit ? Décidément, tu n'as pas de cœur…

— Laisse-la, espèce de fumier ! rugit Garnier en se mettant debout. Ne la touche pas !

Tout en fixant la jeune femme droit dans les yeux, Maxime dirige l'arme vers Luc, avec une lenteur calculée.

— Tu crois que je peux le rater à cette distance, Sonia chérie ? murmure-t-il d'une voix étrangement douce.

— Non ! implore-t-elle.

Sans une once d'hésitation, il presse la détente. Le bruit rebondit sur les murs, les gosses hurlent, Martine s'évanouit. Luc tombe à genoux puis s'affaisse sur le parquet. Sonia porte une main devant sa bouche pour s'empêcher de crier à son tour. Maxime n'a pas cillé une seule seconde. Avec délice, il goûte l'horreur qui crève ses yeux.

— T'avais raison, dit-il finalement. À cette distance, je ne pouvais pas le rater.

2 h 45

Vu l'heure, Yann s'attend à la réveiller. Pourtant, Natacha décroche dès la troisième sonnerie.

— Bonsoir, chérie. Tu dormais ?

— Non… Je travaillais.

— Je voulais juste te prévenir que je ne rentrerai pas cette nuit.

— Je m'en doutais.

— Et puis… Je voulais te dire que je t'aime.

Un court silence suit cette déclaration, inhabituelle.

— Je vais partir en intervention. On a logé Maxime Hénot, dans le Vercors.

Encore un blanc, chargé des mille couleurs silencieuses de l'amour.

— Bonne chance pour l'émission, ajoute-t-il. Tu vas être parfaite, j'en suis sûr !

Il voudrait se montrer enjoué, mais sa voix le trahit. Il est sur le point de chialer.

— Merci, murmure son épouse.

— Je te rappelle plus tard.

— Attends ! s'écrie Natacha. Yann… ? Moi aussi, je t'aime… Alors fais attention à toi.

— C'est juré. Je t'embrasse. Fort.

2 h 51

Maxime contemple Luc froidement. Il n'est pas mort, pas encore. Allongé sur le côté, il lutte désespérément. Sonia veut le rejoindre, le tueur la stoppe d'un simple mouvement du bras.

— Bouge pas. Ça vaut mieux pour toi.

Elle retombe par terre, se met à sangloter de concert avec les enfants. Cette fois, ils ont compris, il ne s'agit pas d'un jeu. Le pistolet est vrai, le sang aussi. La mort est là.

— Il voulait prouver qu'il avait des couilles, sans doute. Voulait qu'on s'explique d'homme à homme ! Quelle connerie !

Maxime ricane, Luc s'étouffe. Il entend son assassin parler de lui à l'imparfait, déjà.

— C'est ça que tu voulais, hein *gros malin* ? Sauf que moi, je ne suis pas un homme. Je suis un dieu. Pas un de ceux qui vous promettent la vie éternelle si vous êtes bien sages… Non. Moi je vous promets la mort, que vous soyez sages ou non ! La mort, la vraie, la définitive. La seule.

3 h 30

Luc ne pourra plus jamais me la prendre. D'ailleurs, elle ne le regarde plus. Regarder un cadavre, c'est dur. Elle est encore plus belle quand elle pleure. Surtout avec Matthis dans ses bras. Son visage porte si bien douleur et angoisse…

Abattre ce mec aurait dû me soulager. Avant, tuer ça me soulageait. Mais cette nuit, ça ne marche pas. J'ai même de plus en plus mal. Cette douleur que plus rien ne semble pouvoir apaiser, cette haine qui bouillonne en moi comme de la lave en fusion…

Toi, Luc Garnier, tu n'as plus mal. Enfin, j'espère. J'espère que quand on est mort, on ne souffre plus ; sinon ça voudrait dire que l'enfer existe vraiment.

Qui pourra me livrer la clef de cette énigme ?

La douceur de ses lèvres sur les miennes… Pourquoi m'as-tu embrassé ? Pourquoi, Sonia ? Tu voulais me blesser, bien sûr. Me blesser, encore et encore…

3 h 40

Sonia a cessé de pleurer, elle doit penser aux enfants avant tout. Un homme vient d'agoniser puis de mourir sous leurs yeux. Ils sont traumatisés à vie, elle le sait. Encore faut-il qu'ils restent en vie… Elle tente de les apaiser, d'éviter cris ou mouvements brusques. Ne pas énerver Maxime, cette ordure capable du pire. Une caresse sur la joue, un Kleenex pour éponger les larmes, quelques mots chuchotés… Mais un peu plus loin, Cédric s'agite. Sa mère peine à le calmer. Soudain, il lui échappe, s'enfuit vers la porte. Maxime lui barre le chemin.

— À ta place !

Cédric le toise de travers, recule lentement. Martine se précipite et le prend dans ses bras.

— Monsieur, vous avez sauvé la vie à mon fils, alors je pense que vous devriez…

Maxime vient se coller contre elle :

— Si tu continues à me les briser, je vais m'en occuper, de ton marmot… Je vais lui faire tellement mal que tu regretteras que je ne l'aie pas laissé se noyer ! Compris, *maman* ?

Les yeux de Martine s'arrondissent démesurément. Tenant à peine sur ses jambes, elle se hâte de ramener Cédric au sein du troupeau.

Magali, elle, ne bouge pas. De grosses larmes coulent en silence sur ses joues. Elle enlève ses lunettes, les pose sur ses genoux. Le peu qu'elle voit est intolérable.

Gilles, il doit avoir beaucoup mal…

3 h 50

Ces remous, ces lames de fond qui emportent ma raison dans un océan en furie. Voilà ce qu'est ma tête : un chaos noirâtre de douleur et de démence où je me noie. Un entrelacs d'images atroces, de bruits intolérables. Un manque absolu, une soif jamais comblée, une faim jamais calmée. Un monstre, voilà ce que je suis. Tout ce que je peux être.

Voilà ce qu'elle ne peut aimer. Ce que personne ne peut aimer.

Alors, détestez-moi.

Yann, dépêche-toi, par pitié. Avant que je les massacre tous.

4 h 10

— Nous attendons vos instructions, commissaire.

— Merci, capitaine, répond Dumonthier.

Le patron du GIGN est formel : un assaut comporte trop de risques. Essayer de faire sortir un maximum d'otages, avant de tenter quoi que ce soit. Yann adresse une prière aux étoiles, puis compose le numéro.

4 h 12

Certains gamins se sont rendormis. Sonia veille sur eux, les rassurant de quelques mots, d'un sourire tendre, de jolis mensonges.

Comme s'ils ne sentaient pas ta terreur ! On ressent tout, dès qu'on est sur cette terre. De plein fouet. On ingère tant de souffrance ; la sienne, celle des autres. Celle qu'on reçoit, celle qu'on inflige. Voilà ce que sont ces mômes, ce que nous sommes tous : des réceptacles à douleur. Souffrir et faire souffrir, il n'existe rien d'autre.

Le portable de Sonia vibre, Maxime décroche.

— Salut, Yann. T'en as mis un temps… T'as trouvé mon petit cadeau ?

— Oui, Maxime. C'est bien que tu n'aies pas tué ce gendarme.

— Il avait une bonne tête… Ou je me ramollis avec l'âge, je sais pas.

— Le gîte est cerné, tu n'as aucune chance. J'ai plusieurs dizaines d'hommes sur place.

Maxime soupire. Il s'assoit sur sa table, devenue son trône, et sourit.

— Sans blague ? Régiment de Rambo, avec cagoules et fusils d'assaut ! C'est ça, Yann ?

— C'est ça. Alors, je pense que…

— Tu penses trop ! En l'occurrence, c'est moi qui dispose des meilleures armes : vingt-deux otages dont seize gamins handicapés. Imagine, Yann… Imagine ces enfants morts par ta faute.

— Personne ne va mourir, rectifie le commissaire. Pourquoi ne pas essayer d'éviter un bain de sang ? Tu peux encore te rendre, tu auras la vie sauve.

— Yann, épargne-moi tes salades, d'accord ? Allons à l'essentiel.

— Qu'est-ce que tu veux ?

— Toi.

Dumonthier s'y attendait. Il s'y était même préparé. Pourtant, il accuse le coup, s'appuie discrètement à une voiture.

— Je t'échange contre une partie des gamins, poursuit Hénot. Marché honnête, non ?

Yann hésite puis s'entend prononcer une phrase terrible :

— Moi, contre la totalité des otages.

— Tu rigoles ! Tu me rejoins, je libère dix mouflets.

— Hors de question. Je te rejoins si tu libères tout le monde.

Maxime ne répond pas tout de suite.

— Alors ? relance Dumonthier.

— *Alors ?* Écoute ça…

Un coup de feu, des hurlements ; Yann sursaute, manque de lâcher le téléphone.

— Voilà, ils ne sont plus que vingt, annonce froidement Maxime. Je continue ou… ?

Dumonthier avale sa salive :

— Vingt ?

— Ah oui, j'ai oublié de te dire que j'ai perdu patience à force de t'attendre… J'en ai descendu un, il y a une heure. Là, je viens d'en buter un deuxième.

Le commissaire s'adosse à la Laguna.

— Reste calme, je t'en prie.

— Je suis parfaitement calme. Je te laisse décider : tant que tu ne te livreras pas, j'abattrai un otage toutes les quinze minutes. À ce rythme, on devrait nettoyer le terrain assez vite, non ?

113

— OK, je viens. Mais à condition que tu relâches *tous* les enfants.

— Dix gamins, Yann. C'est ma dernière offre.

4 h 25

— N'y va pas, implore Fischer.

— Tu vois une autre solution ? réplique Dumonthier. L'assaut est trop dangereux, ce malade le sait… Vu la configuration des lieux, on risque un carnage. On a étudié la situation sous tous les angles, rien d'autre à faire sauf lui donner ce qu'il veut. Et ce qu'il veut, c'est moi. Ma vie contre celle de dix gamins.

Dumonthier lui confie son arme en essayant de contrôler ses tremblements. Il a peur, comme jamais auparavant. Un gars du GIGN lui remet une montre et un briquet équipés d'un micro. Il est temps de se jeter dans la gueule du loup. Dumonthier tend la main à son adjoint qui le serre finalement dans ses bras.

— Putain, Yann… Putain…

— Je te charge d'appeler Natacha, si…

— Je le ferai, assure Fischer.

4 h 35

Dix enfants sont dehors, Yann dedans. Face à Hénot.

La porte vient de se refermer, les deux hommes se dévisagent. Sans haine.

— Avance, ordonne Maxime. Sur ta droite.

Dumonthier gagne le réfectoire, le tueur sur ses talons. Là, il découvre les otages assis par terre, au fond

114

de la pièce. Non loin d'eux, un corps sans vie baigne dans une large flaque de sang. Un enfant a marché dedans. *L'empreinte sanglante d'un pied nu…*

— Où est la seconde victime ?

— Pas de seconde victime, répond Hénot en désignant un impact dans le mur. Vide tes poches et déshabille-toi.

Le commissaire dépose le contenu de ses poches sur une table ainsi qu'un sac renfermant les paires de menottes exigées par Hénot. Puis il commence à ôter ses vêtements. Il s'arrête au caleçon, ce qui fait sourire Maxime.

— Vire tout. Va savoir ce que tu caches dans ton calcif !

— Seulement mes bijoux de famille.

— Ça reste à prouver.

Dumonthier se plie aux ordres.

— Comme je t'aime bien, je t'épargne la fouille au corps, conclut Hénot. Et puis il y a des yeux innocents qui nous observent… ! Remets ton caleçon.

— Merci.

Yann se laisse menotter à un radiateur sans broncher.

— Vous êtes blessée ? demande-t-il à Sonia.

Elle ne répond pas, serre juste Matthis un peu plus fort.

— Tu aimerais bien savoir si je l'ai violée, hein Yann ? ricane Maxime.

Il se penche vers le commissaire avec un odieux sourire.

— Elle est divinement bonne, chuchote-t-il.

Il éclate de rire, Dumonthier se mord les lèvres pour ne pas l'insulter. Il considère Sonia avec compassion ; une dignité et un courage impressionnants. Il espère au moins que les gamins n'ont pas été témoins du crime. Déjà qu'ils ont vu un homme se faire descendre…

— Rassure-toi, *grand flic* ! ajoute Maxime. Pour l'instant, je n'ai fait que la goûter. Du bout des lèvres et… du bout des doigts ! Je me suis mis en appétit… Tu comprends, je suis un peu rouillé, depuis le temps !

Cette fois, Sonia ne peut contenir de nouvelles larmes, qu'elle essuie du revers de la main.

— C'est Fischer, mon adjoint, qui négociera désormais avec toi, reprend Yann en essayant de garder une voix neutre.

Maxime jette le portable et l'écrase à coups de talon, avant d'arracher le fil du téléphone.

— Tu disais, Yann… ?

Il se dirige ensuite vers le prof de maths.

— Debout, Einstein !

Martin se lève, en proie à une terreur soudaine.

— J'ai une mission à te confier, explique Maxime en lui arrachant Jessica des bras.

La fillette hurle, se débat. Maxime la ceinture et presse l'arme sur son crâne.

— Si tu veux la revoir vivante, je te conseille d'obéir.

4 h 55

Dans la salle à manger, plus que quatre prisonniers : Sonia, Matthis, Magali et Yann. Martin, conformément aux ordres, a menotté les autres ensemble devant chaque issue, de façon à ce qu'ils forment un rempart de chair humaine. Avant de se retrouver à son tour ligoté.

Maxime confisque la montre de Yann, l'approche de sa bouche :

— J'ai placé un otage derrière chaque porte et chaque fenêtre, ainsi qu'en bas de l'escalier, messieurs. Je vous conseille donc la plus extrême prudence.

Il remplit ensuite un broc d'eau à l'évier où il immerge la montre et le briquet. Puis il revient auprès de ses otages. Sonia étreint Matthis et Magali, vision qui le touche plein cœur. Assis sur sa table, il les contemple longuement, perdant la notion du temps.

Dans sa tête, des bulles de couleurs, des rêves qui parlent et qui marchent. Aussi réels que des souvenirs. Il se remémore des moments partagés. Lui, au volant d'une voiture, Sonia à ses côtés, les enfants sagement assis derrière ; il se voit, jouant avec eux, sous le regard protecteur de la jeune femme. Il s'est fondé une famille, sourit béatement.

Dumonthier l'observe avec angoisse ; il le sait parti dans un délire hallucinatoire. Le tueur n'est plus là, il est ailleurs, dans un trip qui n'appartient qu'à lui. Vu son sourire, ce n'est pas un cauchemar. Alors, ne surtout pas le réveiller…

Cela s'éternise, sans même que Maxime s'en rende compte. Il se sent bien, léger comme une plume. Jusqu'à ce qu'il trébuche par mégarde sur le corps de Luc, puis sur le flic en caleçon qui le dévisage. Tout s'écroule, dans un éclat de verre brisé qui lui déchire les tympans.

Sonia… qui a couché avec ce type, souillant leur belle histoire d'amour. Une fois encore.

Dumonthier… Les flics autour du gîte, armés jusqu'aux dents.

Il soupire, s'allume une cigarette et s'approche du commissaire.

— Tu as peur, Yann ?

— Oui.

— C'est courageux de l'avouer. Et d'être venu me rejoindre. Mais je savais que tu étais un mec courageux.

— Ils ne vont pas tarder à agir. Si tu ne négocies pas, ils donneront l'assaut.

— Qu'ils viennent !

— Tu n'as aucune chance de sortir vivant d'ici.

— Dans ce cas, on va mourir ensemble, Yann ! s'amuse Hénot. Moi, je n'ai que la vie à perdre, c'est si peu de chose… Par contre, toi tu as *une* vie. Un passé, un présent, un avenir… Alors ne me fais pas l'offense de ces menaces. Si je me rends, ils me renvoient à l'asile. Bien pire que la mort ! J'ai essayé, tu sais. Essayé de les laisser me *soigner*. Me disant qu'ils pourraient peut-être me guérir, que je retrouverais la liberté un jour…

— Tu peux l'espérer !

— Non. Pas avec la peine de mort.

— Elle a été abolie ! intervient Sonia.

Maxime est surpris d'entendre sa voix.

— Elle a été restaurée il y a peu, chérie. Le 26 février dernier, pour être exact. Ils appellent ça la loi sur… sur… Yann, aide-moi, s'il te plaît !

— La loi sur la rétention de sûreté, indique Dumonthier.

— C'est ça ! Merci… Elle permet de garder les assassins enfermés, après qu'ils ont purgé leur peine. Par *prévention*, il paraît ! Jusqu'à la fin de leur vie. Plus aucune chance de revoir la liberté ! Même si tu te tiens à carreau, si tu suis leurs traitements, même si tu as changé… Enfermé jusqu'à ce que t'en crèves ! Une mort à petit feu. C'est quoi, sinon la peine capitale ?

— Je ne savais pas, avoue Sonia.

— Tu ignorais qu'on peut embastiller ceux qui ont payé leur dette ? s'enflamme Maxime. C'est ça, le problème : personne ne sait, personne ne se révolte… Mais qui en a quelque chose à foutre des assassins ? Ils n'ont que ce qu'ils méritent !

— Et Luc ? envoie Sonia. Tu lui as laissé la moindre chance, peut-être ? Et tous ceux que tu as tués ! C'était quoi, *sinon la peine capitale* ?

Les lèvres de Maxime se pincent, une ride se creuse au milieu de son front. Mauvais signe. Yann tente une diversion :

— De toute façon, cette loi n'est pas rétroactive, souligne-t-il.

— Ouais, mais ils parviendront à leurs fins plus vite que tu ne le crois… Bafouer la Déclaration des droits de l'homme, modifier la Constitution, tu crois que ça va les arrêter ? Non, Yann, j'y aurai droit. C'est pour ça que je me suis tiré. Et je ne vais pas être le dernier ! Si tu enlèves tout espoir à un homme, que veux-tu qu'il fasse ? Tenter le tout pour le tout, ou…

Il feint de se trancher la gorge en guise de conclusion, fait quelques pas, s'arrête près de Luc.

— Pas envie de crever comme un animal !

— Reste calme, prie Yann. Je n'ai jamais été d'accord avec cette loi. Mais avec ce que tu es en train de commettre, tu apportes de l'eau à leur moulin !

Maxime hausse les épaules.

— Peut-être. Mais c'est trop tard, maintenant. Quoi que je fasse…

— Pourquoi as-tu tué cet homme ? demande brusquement le commissaire.

— Il voulait me la prendre, explique Maxime avec un méchant sourire. Il croyait que j'allais le laisser faire ! Pauvre fou…

Il tourne la tête vers Sonia.

— Remarque, elle ne vaut pas grand-chose…

La tension artérielle du commissaire monte encore d'un cran : la voix du tueur dérape doucement, ainsi que son regard. Il est en train de basculer.

— Cette salope est prête à coucher avec tous les mecs qui passent !

Soudain, il baisse les yeux, dessine une flèche imaginaire sur le sol à l'aide de son index.

— Pourtant… moi, je l'aimais, murmure-t-il.

Le commissaire reste médusé. *Aimer*. Un verbe jamais entendu dans la bouche de Hénot. Absent, croyait-il, de son vocabulaire.

— Si tu l'aimes, tu dois la laisser partir… Elle risque de mourir pendant l'assaut.

— J'ai dit que je l'*aimais*, rectifie Maxime en relevant la tête. Tu ne maîtrises pas ta conjugaison ou quoi ?!

Il se marre et prend une clope. L'avant-dernière du paquet.

— J'ai vu son petit jeu, tu sais… Elle m'a allumé, a fait en sorte de me rendre dingue et ensuite… Ensuite, elle a baisé avec l'autre enfoiré !

— C'est faux ! s'indigne enfin Sonia. On n'a jamais couché ensemble, Luc et moi !

Mais Maxime ne l'entend pas. Trop de bruit et de certitudes dans sa tête.

— Elle croyait sans doute pouvoir s'amuser avec moi impunément… Mais c'est fini, ça ! On ne joue plus avec moi ! Tu peux lui dire, toi ! Explique-lui comment elle va payer !

— Je ne me suis pas amusée avec toi ! gémit la jeune femme. Mon Dieu, c'est pas vrai…

— Elle souhaitait te rendre jaloux, essaie Dumonthier. Pour tester la force de ton amour.

Le sourire de Maxime s'éteint, ses yeux s'attisent de haine.

— Tu te fous de ma gueule, c'est ça ? Tu me prends pour un con ? Je croyais que tu me respectais, Yann…

Le commissaire vient de commettre un faux pas, la sanction est immédiate : la crosse du Beretta s'abat sur sa mâchoire, il s'effondre sur le côté. Il se redresse lentement, un peu sonné.

— Je vais te confier un secret, Dumonthier : six ans que je rêve de cet instant. Celui où je t'aurai à ma merci. Où je lirai la peur dans tes yeux… Pendant des années, tu as étudié mon *modus operandi*, alors tu sais ce qui va se passer, maintenant ! Et quand j'en aurai fini avec elle, je m'arrangerai pour m'occuper de ta femme… J'ai lu ses bouquins en taule, quelle imagination ! Sûr qu'on ne doit pas s'ennuyer avec elle… N'est-ce pas, Yann ?

Le commissaire tente de l'atteindre avec sa main libre, le tueur esquive.

— Tu perds ton légendaire sang-froid, commissaire ! T'as peur qu'elle tombe amoureuse de moi et oublie son héros ?

— Tu ne la toucheras jamais, espèce de dingue ! rugit Dumonthier.

— C'est ce qu'on verra… Mais chaque chose en son temps !

Il passe le flingue dans la ceinture de son jean et saisit Sonia par les cheveux. Matthis hurle, Magali s'accroche à son éducatrice, finit par la lâcher. Maxime traîne la jeune femme vers le sofa près de la bibliothèque, elle se débat farouchement. Mais il est doté d'une force incroyable ; machine en acier trempé, qu'aucun coup ne peut arrêter ni même ralentir. Dumonthier essaie de se libérer, en vain. Il ressent alors ce qu'ont dû ressentir toutes les victimes avant lui : il ne peut rien pour cette fille. Juste assister à la scène, souffrir avec elle. Des larmes d'impuissance montent jusqu'à ses yeux terrifiés. Hénot en pleine crise, plus rien ne le stoppera. Son visage et sa voix sont désormais méconnaissables.

— Cesse de résister, *chérie* !

Sonia lui mord sauvagement la main, se prend un coup de poing en plein visage. Elle s'écroule et Dumonthier ferme les yeux, préférant ne pas voir la suite.

Alors, au milieu des cris de Sonia, retentit une voix fluette mais déterminée :

— Arrête !

Maxime tourne la tête : Magali, juste derrière lui. En larmes, ses lèvres tremblent, pourtant, elle répète avec force :

— Arrête !

— Ne t'approche pas de lui ! hurle Dumonthier.

Le tueur ne fait plus un seul geste.

— Si tu lui fais mal, je t'aimerai plus ! menace Magali.

Maxime lâche Sonia qui tombe sur le parquet, à demi inconsciente.

— Ne reste pas près de lui ! ordonne à nouveau le commissaire.

Sans l'écouter, la fillette fait face. Droite comme un piquet, dans son pyjama à fleurs. Maxime s'abaisse à sa hauteur, pose ses mains sur ses épaules.

— Ne pleure pas, ma puce, implore-t-il d'une voix douce.

Yann en reste stupéfait. Ce dangereux psychotique apprivoisé par une gamine de six ans ? *Non, impossible, c'est un jeu... Putain, il va la tuer !*

— Pourquoi tu es méchant ? sanglote Magali. Tu as mal, c'est ça ?

Hénot chasse ses larmes d'un geste délicat mais maladroit.

— Pardonne-moi, je ne voulais pas te faire pleurer. Sonia est juste endormie, tu sais. Elle n'est pas morte.

Magali pointe du doigt le corps de Luc.

— Lui, il est mort… À cause de toi !

Maxime baisse les yeux.

— Tu sais, moi je t'aime, ajoute la gamine.

— Je sais, murmure Maxime. Moi aussi, je t'aime beaucoup, ma chérie. Maintenant, tu vas prendre Matthis avec toi et l'emmener dans le couloir, là-bas. D'accord ?

— Non ! Si je suis pas là, tu vas lui faire mal !

— Je te promets de ne plus la toucher. Mais Matthis a besoin de toi.

— D'accord… Quand est-ce qu'on pourra partir ? Maman et papa vont s'inquiéter…

— Bientôt, assure Maxime. Allez, va maintenant. Fais ce que je t'ai demandé.

Elle obéit enfin et escorte le garçon dans l'entrée. Maxime ferme la porte derrière eux. L'instant d'après, il s'effondre près de Sonia. Dans les vapes ou qui fait la morte. Il reste de longues minutes sur le sofa, le front entre les mains. Silencieux, immobile, sous le regard de Yann, sidéré par ce qui vient de se produire. Pourquoi Hénot a-t-il protégé ces enfants ? Il ne l'avait jamais entendu parler d'une voix si tendre… Il semblait vraiment touché par cette môme. Mais il va forcément redevenir brutal. Il espère que le GIGN va débarquer, même s'il risque de laisser sa peau dans l'assaut. Au moins les gosses seront-ils sains et saufs…

Progressivement, le tueur recommence à bouger. Se balançant d'avant en arrière, marmonnant, soliloquant… Yann saisit un mot, de temps à autre. *Poussière… innocent… haine… chaque chose…* Puis le silence revient. Hénot s'avance alors vers Dumonthier, qui croit sa dernière heure arrivée, s'agenouille devant lui. C'est là que Yann voit l'inimaginable : Maxime pleure. Une fillette vient de terrasser le fauve. Simplement en lui disant *je t'aime…*

— J'ai mal… Tu le sais, toi ?

— Oui, Maxime. Je crois que je te connais mieux que personne…

— Mieux que personne ! acquiesce Hénot avec un douloureux sourire. J'aurais bien aimé avoir un père. Un comme toi. Je n'aurais peut-être pas été un monstre ?

Il passe les mains sur son visage avant de reprendre :

— La poussière est partout. Tu peux nettoyer tant que tu veux, ça revient toujours.

Dumonthier ingurgite, mot après mot, même s'il a du mal à suivre.

— Je crois que j'ai compris, Yann. Toute cette haine-là, en moi… C'est moi. Moi que je déteste. Je suis malade, mais… pourquoi moi ? Hein, Yann ? Pourquoi ma tête est-elle emplie de fureur et de bruit ?

Le flic s'en retrouve désarçonné. Face à lui, un gosse apeuré qui cherche l'absolution.

— Tu n'as pas eu de chance, Maxime. Mais tu sais que tu as commis l'impardonnable. Et que tu es dangereux…

Hénot saisit le Beretta, Yann arrête de respirer.

— Dangereux, oui, confirme le tueur en armant le pistolet. D'ailleurs, il me reste quelqu'un à éliminer.

Dumonthier pense soudain à Natacha. La peur lui broie la gorge, les tripes. Mais, contre toute attente, Maxime dépose le pistolet devant lui, telle une offrande.

— Prends ce flingue, Yann. Allez, prends-le…

Le commissaire hésite puis s'empare du Beretta. Aussitôt, Maxime attrape son poignet à deux mains pour l'obliger à braquer l'arme contre son propre cœur.

— Qu'est-ce que… ?! s'écrie Dumonthier.

— Aide-moi, Yann…

— Non !

Maxime pose son doigt sur celui du flic et bloque son bras. Il savoure ce dernier instant, cette horreur qui s'imprime dans les yeux de Yann de façon indélébile.

— Tu leur diras, hein ? demande-t-il.

— Quoi ? parvient à articuler Dumonthier.

— Qu'on peut toujours changer, dit-il en le forçant à appuyer sur la détente.

Dumpling nous soudain Raison ne La peut impose sa voix, les types. Si au...tour toute mente
Mwahe qu'on le regarde devant moi, elle me offusque.

— Yeah ... Huargh, Yeah, Allez, pue-ssssss.

Le colosse me hisse plus qu'autre de Haralia
Mwahah. Mais me aller son poignet à deux mains.
De l'intérêt à la porte. J'aime couper son bras et cour.

— On y allait que... il y a des Dumonique.

— Allons-toi, Tyolito.

Megane pose son doigt sur cela, in the ... et biopsie
son bras. Il avoue que dessus devant cette hauteur qui
s'imprime dans les ... de part de dire... inébranlable.

— Tu leur disais bien ? dit-il...il

— Ouai ? Pas vu, à mi-toi... l'aubenther...

— On pourra réappréhender, dit-il en ce soir ?
appuyer sur le destin.

Cet ouvrage a été composé par IGS-CP
à L'Isle-d'Espagnac (16)

Imprimé en France par

MAURY IMPRIMEUR
à Malesherbes (Loiret)
en août 2013

POCKET – 12, avenue d'Italie – 75627 Paris Cedex 13

N° d'impression : 183730
Dépôt légal : septembre 2013
S24300/01